ベティ・ニールズ・コレクション

いばらの恋

ハーレクイン・マスターピース

東京・ロンドン・トロント・パリ・ニューヨーク・アムステルダム
ハンブルク・ストックホルム・ミラノ・シドニー・マドリッド・ワルシャワ
ブダペスト・リオデジャネイロ・ルクセンブルク・フリブール・ムンバイ

GRASP A NETTLE

by Betty Neels

Published by Harlequin Japan, a Division of K.K. HarperCollins Japan, 2025

ベティ・ニールズ

イギリス南西部デボン州で子供時代と青春時代を過ごした後、看護師と助産師の教育を受けた。戦争中に従軍看護師として働いていたとき、オランダ人男性と知り合って結婚。以後12年間、夫の故郷オランダに住み、病院で働いた。イギリスに戻って仕事を退いた後、よいロマンス小説がないと嘆く女性の声を地元の図書館で耳にし、執筆を決意した。1969年『赤毛のアデレイド』を発表して作家活動に入る。穏やかで静かな、優しい作風が多くのファンを魅了した。2001年6月、惜しまれつつ永眠。

主要登場人物

ジャネット・レン……………………………………看護師。愛称ジェニー。
エリザベス・クリード……………………………ジェニーの伯母。愛称ベス。
ドクター・トムズ…………………………………エリザベスの主治医。
エデュアルト・ファン・ドラーク・テ・ソレンダイク……ドクター・トムズの友人。
外科医。
ハンス……………………………………………ソレンダイク家の執事。
ヘニー……………………………………………ハンスの妻。
マーガレット……………………………………ソレンダイク家の家政婦。
オリヴァー………………………………………マーガレットの息子。
トビー・ブレイク………………………………ジェニーの亡き従兄の妻。
フローリー………………………………………ジェニーの幼なじみ。
ドブス……………………………………………クリード家の家政婦。
クリード家の運転手。

1

時計塔の中の石造りの螺旋階段は、厚い石壁に並ぶ細長い窓から光が差しこんでいる場所以外は薄暗い。だが、すり減った階段を駆けのぼる若い女性は薄暗さなどなんとも思っていなかった。十分慣れているのだ。階段の途中でいったん足をとめ、窓から顔を出して屋敷の裏手の私道を見渡す。もうすぐ午後二時、最初の見学者の車が幹線道路から二キロほど続くでこぼこ道をすでにゆっくりと走ってきている。

彼女は芝生と花壇によって仕切られた砂利敷きの小道を見おろし、その先の門の向こうに広がる空き地に視線を移した。空き地は駐車場として使われている。今はがらんとしているが、もうしばらくすると車でいっぱいになるはずだ。入場料という収入の面から見れば、今日はいい一日になるだろう。

ディムワース・ハウスは一般公開されている邸宅としては小さいほうだが、訪れる人は多く、利益も上がっている。それはつまり、家族をはじめ、この屋敷に関わるすべての人々が大変な努力をしているということでもある。

やがて彼女は窓を離れて階段の最後のカーブを駆けあがり、アーチ型のドアを押し開けた。その先は小さな円形の広間になっている。彼女は広間を横切って反対側のドアを開け、絨毯の敷かれた廊下に出た。廊下にはたくさんのドアが並び、中ほどにある優雅な階段は下の階に続いている。もの慣れたようすで廊下を進んでいった彼女は、突き当たりのドアをノックし、どうぞという声を聞くと押し開けた。

そこは天井の低い、壁が羽目板張りの広々とした部屋で、巨大な四柱式ベッドを中心にさまざまなアンティークの家具が置かれていた。窓の下の書き物机の前には、背筋をぴんと伸ばした老婦人が座っている。若い女性が部屋に入っていくと、老婦人は顔を上げた。「あら、ジェニー」威厳たっぷりに言い、ペンを置いた。

ジェニーと呼ばれた女性は魅力的な声で言った。「バクスターを見つけたわ。水生植物園にいたの。着替えたら、チケット係をしてくれるわ。ミセス・ソープは四時から私の仕事を引き継いでくれるそうよ」そして、机の上に置かれた携帯用時計をちらりと見た。「私はそろそろ玄関ホールへ行くわね、ベス伯母さま。見学者の車が到着しはじめるから」

「ダーリン！」伯母が大きな声で言った。「明日、あなたが病院へ戻ってしまったら、私たちはどうしたらいいのかしら」そこで咳払いをした。「あなたはちっとも休んだ気がしなかったでしょうね」

「私はここの生活が大好きよ」ジェニーは笑顔で請け合った。「病院で働く身にはいい気分転換になるの。夏の間ずっといられないのが残念だわ」ゆっくりと窓に近づいて外を見ると、太陽の光がゆるくまとめられた赤褐色の髪と美しい顔を照らした。濃いまつげに縁取られたはしばみ色の瞳、かすかに上を向いた鼻、ふっくらした唇。身長は高くも低くもなく、体はほどよいまるみをおび、肌はきれいに日焼けして、鼻梁にはそばかすが散っている。

ミス・エリザベス・クリード――ジェニーの母親の姉である老婦人は姪を見て、いとおしげにほほえんだ。大甥のオリヴァーを除けば、気性の激しいミス・クリードが愛情を感じるのはジェニーだけだった。ジェニーは伯母に辛辣な言葉を浴びせられてもくよくよしない。幼いころ両親を亡くしたのに、金の無心はもちろん、どんな助けも求めてきたことはない。確かにジェニーは病院の給料以外に両親が遺した信託財産から十分な収入があるが、それはミス・クリードが得ている収入や、今は亡きジェニーのいとこの未亡人マーガレットと、その息子オリヴァーが受け取っている潤沢な手当に比べれば、ほんのわずかな額だ。オリヴァーはいずれディムワース・ハウスとそれに伴う莫大な財産を相続する。しかし、そのときが来るまでは、マーガレットはスコットランドで両親と暮らすことを選んだ。そういうわけで、オリヴァーが自分で管理できる年齢になるまで、ディムワース・ハウスは彼の大伯母であるミス・クリードが取り仕切っているのだった。

　オリヴァーがディムワース・ハウスに住んでいないことを、ジェニーは残念に思っていた。ここはとても美しく、静かな場所だ。結婚して一年ほどで飛行機事故で亡くなったいとこもこの屋敷を愛していたから、息子にはここで育ってほしいに違いない。だが、未亡人となったマーガレットはこの屋敷があまり好きではなく、ときどきは泊まりに来るものの、スコットランドに帰るのが毎回うれしそうだ。今回は数日後に息子のオリヴァーを連れてやってくる予定になっている。オリヴァーがいる間、ジェニーはできるだけここで休日を過ごすことに決めていた。二人は大の仲よしだし、美人でもの憂げであまり母親らしくないマーガレットは、元気いっぱいの小さな息子にすぐにうんざりしてしまうからだ。

　手紙を書いている伯母を残して部屋を出ると、ジェニーは軽い足取りで階段を駆けおりた。踊り場を横切り、彫刻のほどこされたオーク材のドアを開け、贅沢な家具が並ぶ居間を通って小さなアーチ型のドアを抜ける。するとまた小さな階段があり、それを下りたところにさらに小さなドアがあって、そこから直接玄関ホールへ出ることができるのだ。ホールの真ん中には大きなテーブルセットが置かれ、パンフレットや絵はがき、こまごまとした土産物、手作りジャムの瓶などが並べられている。ジェニーがテーブルについたとき、ちょうど最初の見学者が開いているドアから好奇心に満ちた顔をのぞかせた。

それから二時間はあっという間に過ぎた。予想どおり見学者は多かった。夏用のツーピースと帽子という折り目正しい装いで現れた教区牧師の妻ミセス・ソープに玄関ホールの仕事を引き継ぐと、ジェニーは外に出て、昔の馬小屋を改装したティールームへ行った。ティールームは見事に客で埋まっていたが、飛び抜けて有能な家政婦のフローリーとその姪のフェリシティが手際よく切り盛りしてくれている。ジェニーは安心して通用口から再び屋敷に入り、公開している部屋のようすを見に行った。最初の部屋は堅苦しい雰囲気の食堂で、壁はオーク材の羽目板張りだ。細長い食卓とどっしりしたオーク材の椅子のまわりには深紅のロープが張られ、テーブルの上の銀のゴブレットや皿は赤外線を使った盗難警報装置で守られている。

食堂には十人ほどの見学者がいた。足をとめて貴重な品に見入ったり、壁に飾られた古い油絵をたいして興味もなさそうに眺めたりしている。油絵は家族の肖像画で、色あせてはいるけれど、注意深く見ればそこに描かれたほとんどの人物の髪がジェニーと同じ赤褐色だということがわかるだろう。

食堂の隣の部屋はいつものように人がいっぱいだった。狭い部屋で、壁際には本棚が並び、いくつもある小さなテーブルにはミス・クリードが長年かけてせっせと集めた人形が飾られている。その隣は青の応接間だ。豪奢な部屋で、天井は装飾がほどこされ、壁にはシルクの布がかけられて、金箔張りの椅子とテーブル、美しいハープシコードが置かれている。だが、ジェニーはもう一つ隣の控えの間のほうが好きだった。壁は松材張りで、摂政時代様式の家具がずらりと並び、椅子はとても座り心地がいい。

夏の間は家族もときおりこの部屋を使うが、寒くなってきたらふだん生活している翼棟にいるほうが賢明だ。この部屋から続く階段に冷たい風が吹き抜け、座っていると体の芯まで冷えきってしまう。

ジェニーは足をとめずにその階段を上がり、三つの寝室をさっと見てまわった。ここは長い間、誰も使っていない。四柱式ベッドはとても豪華で、重厚なテーブルや鏡やチェストなど価値のあるものばかりだが、使い勝手がいいとは言えない。寝室にも見学者はたくさんいた。ジェニーは見学者の質問にいくつか答えてから、また別の小さなドアを抜け、家族が生活する翼棟に入った。厚い絨毯が敷かれ、中方立てのある窓にダマスク織りのカーテンがかかったこの翼棟は、年代物の家具がほどよく交じっていて、くつろいだ雰囲気だ。ジェニーの部屋は通路を少し進んだ先にあり、隣に小さな居間、反対側の隣にはバスルームが続いている。小さいころも、休暇をここで過ごすようになってからも、ずっとその部屋を使ってきた。

ジェニーはまっすぐクローゼットへ近づき、ひとかかえの服を取り出して手際よく荷造りを始めた。明日の朝早く、ツーシーターのモーガンでロンドンへ戻る。モーガンは二十一歳の誕生日に伯母から贈られた。もう四年も乗っているから運転にもすっかり慣れ、月に二度、ロンドンとここを行き来するのも快適だ。休暇はディムワース・ハウスで過ごしたいが、病院にも友人はたくさんいる。それに、伯母の知人の息子トビー・ブレイクに誤解を与えたくもない。私があまり頻繁にここへ戻ってくると、彼はまたプロポーズしたほうがいいと思うかもしれないから。

トビーのことを思い出し、ジェニーは顔をしかめた。いずれは彼と結婚することになるのだろう。彼を愛しているからではなく、昔から知り合いで、みんなが二人の結婚を期待しているからという理由で。そんなことでトビーを受け入れるわけにはいかないけれど、彼はとにかく粘り強いのだ。

「そういえば〝雨垂れ石をうがつ〟ということわざがあったわ」ジェニーは一人つぶやき、スーツケースを閉めておざなりに鏡を見てから、伯母が下りているはずの居間へ向かった。

屋敷が一般公開されている期間は、食事は一階の小さな居間で各自が都合のいいときにとる。そして、時間があればいつでも紅茶を飲む。執事のグリムショーに頼むと、すぐに紅茶を運んできてくれる。今も彼は階下へ下りてきたジェニーを目ざとく見つけた。「すぐに紅茶をお持ちしますよ、ミス・ジェニー」まるで父親のような口調で言うと、キッチンへ続くフェルト張りのドアに向かった。

「うれしいわ」ジェニーは執事の背後から言い添えた。「私、おなかがぺこぺこなの、グリムショー」

それからドアを開け、居間に入った。

伯母は開け放った窓のそばに座っていた。椅子の横のソファテーブルには紅茶が置いてある。「アスピリンをのまないと」いつになく弱々しい声で伯母が言った。「ひどい頭痛がするの」

ジェニーは急いで伯母に近づいた。「働きすぎよ、伯母さま。私がアスピリンを取ってくるわ。部屋にあるの？」

伯母がうなずいた。ジェニーが急いで薬を取りに行き、戻ってくると、ちょうどグリムショーが紅茶のポットを運んできたところだった。ジェニーは伯母のカップに紅茶をつぎ足し、瓶から薬を二錠出して渡した。

「よく頭が痛くなるの？」伯母のこわばった白い顔に看護師らしい目を向け、ジェニーは尋ねた。

「頭が痛くなったことなんて一度もないわ」伯母がぶっきらぼうに言った。「ここ数週間だけよ」

「アスピリンは効くの？」

「あまり効かないわね」伯母は椅子の背にもたれ、目を閉じた。

「だったら、ドクター・トムズに診てもらいましょう」

伯母が目を開け、背筋を伸ばした。「とんでもないわ、ジャネット。私は病気じゃないもの。二度とその話はしないで」

「でも」ジェニーは冷静に言った。「もしまたそんな頭痛が起きたら、黙っているわけにはいかないわ。たぶん伯母さまにはもっと度の強い眼鏡が必要なんじゃないかしら」

伯母がジェニーのほうに向き直った。「ああ……そうかもしれないわ。賢いわね、ジェニー」

ジェニーはにっこりした。伯母はいらだっているときは私を〝ジャネット〟と呼ぶ。でも、もう〝ジェニー〟に戻した。二人は話題を変え、その日はもう伯母の頭痛の話はしなかった。

しかし翌朝、ジェニーがさよならの挨拶をしに行くと、ふだん強気な伯母が言った。「もし私が病気だったら看病してね、ジェニー」

枕の上の青白い顔を見て不安がこみあげたが、ジェニーは元気づけるように言った。「伯母さまは病気じゃないわ。でも、万一そうだったら、私がちゃんとお世話をするから。わかっているでしょう」身をかがめ、老婦人の頰にキスをする。「伯母さまは私にとってずっと親代わりだったんですもの」そして、ドアへ向かった。「十日後にまた来るし、向こうから電話もするわ」

夏の終わりのロンドンは暑く、人があふれていて、ガソリンの臭いがした。ジェニーは鼻にしわを寄せ、ロンドンの中心部を抜けてイーストエンドをめざした。看護師としての研修を始めたとき、家族――とくにマーガレットは、ジェニーがたくさんの病院の中からクイーン病院を選んだことに腹を立てた。

　クイーン病院はイーストエンドにある昔ながらの大病院だ。確かにクリード家やレン家にふさわしい病院ではないが、ジェニーは自分の意思を通した。かわいらしい顔をしているけれど、一度決めたことはゆずらない性格で、髪の色にふさわしく癇癪(かんしゃく)持ちなのだ。彼女は三年間の一般研修を受けてから助産師の資格を取得し、今は手術科の副師長のポストについている。

　トビー・ブレイクが結婚の機をうかがっているのを知る家族は、ジェニーがキャリアを積むのを今のところ寛大に見守っていた。そのうちトビーと結婚するのがふさわしいと気づくはずだと思っているのだ。だが、ジェニーの考えは違った。世界のどこかに運命の相手がいるはずだと、幼いころから確信していた。まだその男性は現れていないけれど、いつか出会えるし、彼のほうもそのときを待っているに違いない。それまでは仕事に精を出すつもりだった。

　クイーン病院は外から見ると陰気で近寄りがたい雰囲気で、実のところ中に入ってもその印象は変わらないが、隙間風が入りこむ広い玄関ホールも、そこから伸びる薄暗い長い廊下も、ジェニーは今ではまったく気にならなかった。雑務係と陽気な挨拶を交わしてから廊下を進み、気がめいるような茶色のドアを抜け、どの病棟からも見渡せる中庭を横切って看護師寮に着いた。

　寮は古めかしい建物だが、財政的な余裕があるときにはいつでも改築が行われてきたおかげで、さまざまな建築様式や建材が入りまじっている。もっとも、設備はかなり現代的だ。玄関のわきが管理人室になっていて、二基のエレベーターがあり、隣に階段がついている。管理人はミス・メローという名前なのにちっとも温厚(メロー)ではない女性だ。正午までにまだ数分あったので、ジェニーは堅苦しく〝おはようございます〟と挨拶し、ミス・メローが無言で差し出した手紙の束を受け取って階段をのぼりはじめた。

　手紙のうち三通はトビーからだった。ジェニーはため息をつき、ほかの手紙にざっと目を通した。結婚して病院を去った友人たちからの手紙だ。たぶん週末の夕食への招待や、近いうちにコーヒーを飲んでおしゃべりしようという誘いだろう。階段を上がりながら、ジェニーは友人たちの手紙を読んだ。仕事が始まるのは明日の朝からだから、荷ほどきをして制服の準備を整える時間は十分ある。だが、トビーの手紙はなかなか開ける気にならず、三階の自分の部屋に着いてスーツケースを置き、靴を蹴るように脱いでベッドの上に寝ころんでから、ようやく読みはじめた。

　手紙にはジェニーの知らないことは何も書かれていなかった。なぜトビーが自分と結婚することの利点を説くために三日連続で手紙を書かなくてはならなかったのかわからない。そもそも二人は四日前に会ったばかりで、彼はいつものように結婚してくれと言い、ジェニーは幼なじみらしい率直さできっぱりと断ったのだ。

　しばらくしてジェニーは手紙を置き、紅茶をいれるために給湯室へ行った。給湯室では同僚が湯をわかしていた。女性外科に勤務するクレア・ブルックだ。今日は午前中が休みらしい。クレアは陽気に挨拶してから、わざとらしく困った顔をしてみせた。

「今夜、あなたは待機番になってしまうでしょうね。手術科の師長のミス・ドックが歯痛で休んでいるの。モーリーンは休暇中で、あとはセリアがいるけれど、彼女はあの調子だから待機番を引き受けるはずがないわ」そう言ってクレアは天井を見あげた。「大きな尿細管性アシドーシス(RTA)の手術があるから、ひと晩じゅう起きているはめになるかもしれないわね」

　ジェニーはスプーンで紅茶の茶葉をポットに入れ

た。「二週間も休んでいたんだから、文句は言わないわ。すぐに仕事に戻るのは気が重いけれど」

クレアは興味津々の面持ちでジェニーを見た。

「先祖代々受け継がれてきたお屋敷で、楽しい時間を過ごしたんでしょう？　毎晩、豪華なディナーをとって、すてきなドレスを着て……」その言葉にはなんの悪意も含まれていなかった。みんなジェニーのことが好きだから、彼女の恵まれた生い立ちをねたむ者などいないのだ。「例のトビーとはまだ婚約していないの？」

ジェニーは二つのマグカップに砂糖を入れ、ビスケットの缶に手を伸ばした。「ええ……私ってばかよね。でも、トビーとはうまくいかないとわかるの。つまり……」考えを整理しようと、眉根を寄せる。「昔からの知り合いだというだけで、私たちの間には何もないのよ。なんて言えばいいのか……」

「刺激がないのね？　言いたいことはわかるわ。お互いの存在に慣れすぎてしまっていて、喧嘩さえしないんでしょう？」

「彼はとても穏やかな性格だから――」

「ふん！　それでいいなら憂鬱になる理由なんて何もないんじゃない？　あなたには自分と同じようなタイプの男性が必要なのよ。従順なんて言葉とは無縁の、あなたと互角にやり合えるような人が」

「あまり気楽な関係ではなさそうね」ジェニーは反論した。

「気楽な関係を望む人なんているかしら？　クリスと私はしょっちゅう喧嘩するけれど、婚約しているわ。結婚してどうなるかは誰にもわからない。でも、退屈することだけはないでしょうね」クレアは紅茶のお代わりを催促してマグカップを差し出した。

「それで思い出したけど、この前とてもすてきなウエディングドレスを見つけたの……」

二人はたちまちファッションの話に夢中になった。

その夜、ジェニーは確かにひと晩じゅう起きていることになったが、クレアが言っていた手術のせいではなく、寝室の窓から下の歩道に落ちた小さな男の子が運びこまれてきたせいだった。数時間かけて処置をしたが、男の子が生き延びる見込みはほとんどなかった。ジェニーは夜中の三時にベッドに戻ったあともさらに一時間、心配で眠れず、翌日の朝食の席でも疲れ果てた青白い顔をしていた。しかし、男の子が危機を乗り越えたというニュースを聞いたとたん元気になり、朝食をきれいに平らげた。

午前中は手術がいくつも続いた。暑くて長い、消耗する一日だった。予定時刻を超えて長引いた手術があり、だれも予測していなかった合併症が起きた。そんなわけで、午前の手術がすべて終わったころには、外科医たちは少しいらいらしていた。コーヒーを飲む暇もなかった研修医たちはひどくおなかをすかせ、看護師たちの昼食はどうしようもなく遅れた。

手術室から最後の患者が運び出されると、ジェニーは手の空いた看護師たちをできるだけ多く食事に行かせ、外科医たちと一緒に急いで紅茶を飲み、残っていた看護師と午後の手術の準備を始めた。そろそろ看護師次長が戻ってくるし、午後の最初の手術は単純なものだ。サンドイッチを食べて、もう一杯紅茶を飲む時間くらいあるだろう。

胆嚢(たんのう)切除の手術が行われている間に、ジェニーは急いで食事をとり、報告書やカルテを書いた。そのあと仕事をいったん中断し、次の手術に加わる準備をした。手術は午後五時に終わったが、まだ仕上げなくてはならない書類仕事が残っていた。片方の耳で手術科の聞き慣れた物音に注意を払いながら、自分のオフィスですばやくペンを走らせた。今は看護師が二人いて、午後六時からパートタイムの看護師が出勤してくる。運がよければそれまでに仕事を終えられるかもしれない。

　だが、仕事が終わったのはかなり遅くなってからで、ジェニーは疲れ果てていた。シャワーを浴びて着替え、夕食をとったあと、師長用の居間に座っていつものように紅茶を飲み、同僚たちとおしゃべりをした。そして、そろそろベッドに入ろうと思ったとき、ミス・メローが廊下の電話に出てくれと言いに来た。いかにもいやそうな口ぶりだったのは、人のために使いをするのが嫌いで、ジェニーのことも嫌いだからだ。ジェニーが美人で、しかもミス・メローの忌み嫌っている上流階級の出身だからという理由で。

　ジェニーもミス・メローが好きではなかったが、それを態度に出さないだけの礼儀をわきまえていた。だからきちんと礼を言い、急ぐことなく電話ボックスへ向かった。たぶんトビーからだろう。受話器を持ちあげながら、ジェニーはため息をついた。しかし、電話はトビーからではなく、ドクター・トムズからだった。ドクターの声はいつもどおり穏やかだったが、かすかにせっぱつまった響きがあり、ジェニーは動揺した。ディムワース・ハウスに戻ってほしいと医師は言った。ミス・クリードが体調を崩し、ジェニーを呼んでくれと言っているという。

「すぐにですか?」ジェニーは尋ねた。

「ああ、ジェニー。伯母さんはどうしても君に来てもらいたいと言い張っているんだ」

「あの頭痛ですね!」ジェニーは思い出し、声を張りあげた。

「かなり深刻だ。専門医に診せたいが、彼女は君が来るまでは何もしないと言っている」

「意識喪失はあったんですか?」

「今日、二回あった。もっとあったと思うが、伯母さんは誰にも言っていないんだろう」

　ジェニーは腕時計をちらりと見た。「病院で話がついたら、すぐにそちらへ向かいます。通用口を開けておくように誰かに頼んでもらえますか？　午前二時までには帰れると思います」

「ありがたい！　それまでは私が伯母さんのそばについているよ」

　電話を切ったジェニーは、急いで寮を出て病棟へ行った。夜勤師長はもう出勤しているだろう。ただ、どこまで見まわりに行っているかわからない。ジェニーは貴重な時間を五分費やして師長をさがし、とうとう小児病棟で見つけると、手短に事情を説明した。思慮深く親切なミセス・デントは口をはさまずに最後まで話を聞き、もちろんすぐに帰るようにと言って、朝になったらしかるべき人たちに伝えておくと請け合ってくれた。それからさらに、お金は十分あるか、出かける前に熱い紅茶を飲むかと尋ねた。

　ジェニーは心から感謝して、お金はあると答え、紅茶を辞退し、寮の部屋に戻った。それから着替えを鞄（かばん）につめ、同僚に事情を話すと、モーガンをとめてある病院の裏手の駐車場へ向かった。

　人けのない道路を走りながら、ロンドンに戻る途中でガソリンを入れておいてよかったと思った。これなら十分ディムワース・ハウスまで行ける。もうすぐ十一時になるが、思ったより早く高速道路にのることができた。

　屋敷の前に車をとめたとき、時計塔の鐘がちょうど午前二時を告げた。通用口のドアの上の小さな窓から光がもれている。ノブをまわすと、ドアは静かに開いた。鍵をかけてから階段を駆けあがり、伯母の部屋へ向かって廊下を進む。少し開いているドアを押して中に入ると、ドクター・トムズが伯母のベッドわきの肘掛け椅子に座っていた。ジェニーを見て立ちあがったが、伯母のほうが先に口を開いた。その声は威厳に満ちていたものの、ほんの少しためらいが感じられた。

「ジェニー！　早かったわね。ドクター・トムズの言うことをうのみにしてはだめよ。頭痛くらいでこんなに大騒ぎして……」

ジェニーはベッドに近づき、伯母を見おろした。その姿を見て不安が増した。二日前にさよならを言ったときも気分がすぐれないようだったが、今の伯母は本当に具合が悪そうだ。呼吸は荒く、顔は青白く、淡いブルーの瞳の瞳孔に動きがない。

それでも激しい気性はまったく変わっていないようで、伯母はいらだたしげに言った。「ドクター・トムズはどこだかの偉ぶった教授に私を診せたがっているのよ。たまたまその教授が今、ドクター・トムズの家に泊まっているんですって。でも、私は診てもらうつもりはないわ」

「どうして、ベス伯母さま?」

「まず第一に、彼は外国人なの」伯母はろれつが少しあやしかった。「きっと手がつけられないほど傲慢で、なんでもないことをおおげさに言いたてて、大金を請求するに違いないわ」

ジェニーはベッドわきに座り、ベッドカバーの上にのせられた伯母の手を取ってしっかりと握った。

「その教授に診てもらったらどうかしら、伯母さま。もし気に入らなければそう伝えて、二度と会う必要はないわ。それから大金を請求されるという話だけど、伯母さまはたとえ十人の教授にお金を払ったところで、何一つ困ることはないはずよ」伯母の手を持ちあげ、自分の頬に当てる。「私を喜ばせて」ジェニーはやさしくなだめるように言った。

「まったく、しかたないわね」伯母はしぶしぶつぶやいた。「あなたはお母さんにそっくりよ。お母さんはまるで魔法みたいに不可能なことを可能にしたものだった。でも、忘れないで、もし気に入らなかったらその教授にはっきりそう言うわよ」そこでしばらくの間、ジェニーをじっと見つめ、それから混乱したように言った。「私はあまり気分がよくないのよ、ジェニー」

「ええ、でも、きっとすぐによくなるし、私がそばについているわ。さあ、少し休みましょう。ドクター・トムズとちょっと話をしたら戻ってきて、ずっとここにいるから」

伯母がうなずいた。誰かが夜どおし眠らず自分についているのは当然だと思っているのだろう。伯母は身勝手な女性ではないが、なんでも自分の思いどおりにすることや、人が黙って自分の願いをかなえてくれることに慣れすぎていて、それが誰かの迷惑になるかもしれないなどという考えは頭をよぎりもしないのだ。

ジェニーは伯母が目を閉じるまで待ち、それからドクター・トムズのあとについて部屋を出て、静かにドアを閉めた。

「伯母はかなり悪いんですね？」ジェニーがささやき声で尋ねると、ドクター・トムズはうなずいた。

「その教授にはすぐに来てもらえるんですか？」

医師が再びうなずいた。「運がいいことに、彼はたまたま私の家に泊まっているんだ。私たちは数年来の友人で、彼は今、ブリストルで講義をしている。講義がまだいくつか残っているから、あと一週間くらいは帰らないだろう」

「どこへ帰るんです？」

「オランダだ。彼はオランダ人なんだよ」

風車と運河とジンの瓶をぼんやりと思い浮かべ、ジェニーは顔をしかめた。「それで……その教授は問題ないんでしょうね？　つまり、腕のいい外科医なのかという意味ですが」

「すばらしい外科医だ」ドクター・トムズが言った。

「私が伯母さんのどんな病気を疑っているか、わかるのかい？」

「硬膜下血腫ですね」ジェニーは思いきって口にした。

ドクター・トムズは驚いた顔をしたが、すぐに言った。「君はそういう患者を頻繁に見ているんだろうね。もちろん私も確信はない、だからファン・ドラーク・テ・ソレンダイク教授に伯母さんを診せたいんだ」

ジェニーは目を大きく見開いた。「まあ、なんて長ったらしい名前かしら！」

ドクター・トムズがかすかにほほえんだ。「みんなはファン・ドラークと呼んでいるよ」

「ほっとしたわ。でも、伯母はその教授を気に入らないかもしれません」

医師がまたほほえんだ。「いや、きっと気に入ると思う。さて、私はいったん家に帰らなくては。明日の朝また来るが、それまでに心配なことがあったら電話してくれ。君は寝なくて大丈夫かい？」

「うとうとできるでしょうし、朝六時を過ぎればフローリーが起きてきます。そうしたらシャワーを浴びて、朝食をとれますわ」ジェニーはにっこりした。「知らせてくださってありがとうございました、ドクター・トムズ。かわいそうなベス伯母さまをなんとか元気にしてあげないと」

部屋に戻ると、伯母はまどろみながら落ち着かなげに体を動かしていた。ジェニーは椅子に腰かけ、伯母のじゃまにならないようにテーブルランプの向きを変えた。おなかがすいたし、紅茶も飲みたいけれど、朝まで待たなくては。こんな時間にフローリーを起こすつもりはない。いや、ほかの誰のことも。みんな忙しくて不安な一日を過ごしたはずだ。それに私はずっとそばについていると伯母に約束したのだから。

朝まで起きていられるように、ジェニーは椅子に座り直してできるだけ楽な姿勢をとった。

2

朝になると、伯母は少し具合がよくなったように見えた。安心はできないが、いくつか用事があったジェニーは、伯母を有能な家政婦のフローリーにまかせ、自分の部屋へ行って荷ほどきをした。そのあとシャワーを浴びて着替え、朝食を終えたとき、ドクター・トムズがやってきた。

ドクター・トムズはジェニーと一緒に階上へ上がり、再び患者を診察した。だが、曖昧なことをぶつぶつぶやくだけの医師に、伯母が腹立たしげに鼻を鳴らした。医師はジェニーを部屋の隅のほうへ連れていくと、これから緊急のお産に行かなくてはならないが、例の教授がヨービルの病院で講義を終えたらすぐにここへ来ると説明した。そして帰り際、たぶん伯母は入院することになるだろうと告げた。

ジェニーは伯母ができるだけ快適に過ごせるように気を配りながら、注意深く目を光らせていた。大きな変化はないが、容態は確実に悪化している。午後一時過ぎ、昼食をとるためにフローリーが付き添いを交代してくれた。ジェニーは古い屋敷をひとまわりし、見学者を迎える準備がすべて整っているかどうか確認した。玄関ホールのドアを抜け、螺旋(らせん)階段を上がっているときに、時計塔の鐘が二つ鳴った。螺旋階段は二階の広間に通じていて、その先は家族の住む翼棟だ。

広間には一人の男性がいた。彼があまりにも大柄なせいで、小さな広間がいっそう狭く感じられる。男性はがっしりしているだけでなく背もかなり高い。髪は鉄灰色、瞳は鮮やかなブルーで、若くはないがとてもハンサムだ。数秒でそれだけのことを見て取ってから、ジェニーはにこやかに言った。「順路を間違えたようですね。この広間の先は家族の住んでいる翼棟なんです」

男性の返事は腹立たしいほど冷淡だった。「わかっているよ、お嬢さん。ミス・クリードの世話をしている人に、僕が来たことを伝えてきてくれないか？　僕はファン・ドラークだ」

「テ・ソレンダイク教授ね」人の名前を覚えるのが得意なジェニーは付け加えた。「ミス・クリードの世話をしているのは私、姪のジャネット・レンです。伯母を診察したら、私が知っておくべきことをすべて話していただきたいわ。治療のことや何かを」

教授が濃い眉をつりあげた。「そういうことについて君と話し合う必要があるとは思わないな、ミス……ええと、なんだったかな？　とにかく、君には関係のないことだ」

その低い声は深みがあり、彼の機嫌がいいときには聞いていて心地よいのかもしれない。あいにく今は機嫌がよくないようだ。ジェニーは窓のほうを向き、玄関へと歩いてくる見学者のグループを一瞥してから、肩越しに言った。「もちろん私にも関係があります。ミス・クリードは私の伯母で、私が看病しているんですから。あなたがそんなに不機嫌になる必要はないと思いますけど」

教授は傲慢そうにジェニーを見おろした。「不機嫌にはなっていないよ、お嬢さん。僕はどんなときも感情に支配されることはないんだ」

ジェニーは目を大きく見開いた。「まあ、かわいそうに。きっとビニール袋の中にいるような気分でしょうね！」

教授は笑わなかったが、重たげなまぶたの下で瞳がきらめいていた。「おいおい、ビニール袋の中にいたら、僕は死んでいるはずだろう」

「そういう意味で言ったんです」ジェニーは愛想よ

くほほえみながら強烈な当てこすりを言うと、ドアを開けた。「こちらへどうぞ、教授」

ジェニーと並んで廊下を進む間、教授は話をしようともしなかった。伯母の部屋の前まで来ると、ジェニーはほっとした。ところが、ドアを開けようとしたとき、彼がそっけなく言った。「ドクター・トムズが一緒に来られなかった事情はわかっているね。ふつうこんなふうに患者に会うことはないんだが――」

「ご心配なく」ジェニーは快活に言った。「ドクター・トムズは家族ぐるみの古い友人ですから、伯母は気にしませんわ」そこでいったん言葉を切ってから言い添えた。「あなたが気にしない限りは」

「こういうときは患者の主治医が立ち会うのがふつうだ」教授はほとんど完璧な英語で指摘した。「しかも僕は外国人ときている。君の伯母さんは――」

「かまいません」ジェニーは励ますように言った。「伯母は基本的に外国の方が好きではありませんけど、あなたのことは好きになると思います」そしてドアを開けようとすると、教授がその手を押さえた。

「どうしてそんなふうに言えるんだい？」

ジェニーはほほえんだ。「そういう気がするんです」彼が手を下ろすのを待ち、ドアを開けた。

フローリーがあわててジェニーに二言三言ささやき、部屋を出ていくと、伯母がベッドから鋭い口調で言った。「ジェニー？　どこへ行っていたの？　それに、例の外国人はいつ来るの？」

「もう来ていますよ」教授が言った。さっきまでとはまったく違う口調だ。ジェニーは驚いて彼を見た。もう不機嫌そうではない。穏やかで、自信に満ちていて、声はやさしげだ。高慢そうな鼻の角度までは変わらないが、これならどんな気むずかしい患者の信頼も得ることができるだろう。

教授は部屋を横切っていって患者のベッドわきに

立った。ジェニーに紹介されると、彼は険しい視線を向ける伯母を温かく見つめ返した。

「僕たちの共通の友人であるドクター・トムズの付き添いもなく訪ねてきたことを、お許しください。ドクター・トムズが事情を説明したはずです、そちらのミス……」教授はそこで言葉を切り、問いかけるようにジェニーを見た。

ジェニーは石のように冷たいまなざしを返し、黙っていた。彼がいつまでも私の名前を覚える気がないのなら、好きにさせておくわ！　だが、しばらくすると仕返しをした。「ドクター・トムズは伯母さまの容態についてファン・ドラーク・テ・ソレンダイク教授にすべて話しておいてくださったようね。ほんとに、なんて長い名前！　それで、私もここにいたほうがいいかしら？」

二対のブルーの瞳がジェニーに向けられ、いかにも頑固そうに結ばれた二つの唇から同時に鋭い言葉が飛び出した。「もちろん」

この二人はうまくいきそうだわ。ジェニーはそう思い、視線を床に落とした。

教授は自分のペースで診察を進めた。伯母がろれつのまわらない舌で文句を言っても急ぐことはなかった。ようやく診察が終わると、伯母は噛(か)みついた。

「それで私はどこが悪いの？　あるいは単なる頭痛なの？　原因がなんであれ、あなたは私からできる限りお金をしぼり取るつもりなんでしょうね」

教授は取り合わず、ゆっくりと上体を起こしてから穏やかに伯母を見た。「ええ、頭痛です。しかし、それは本当の病気の一つの症状にすぎません。手術をしなくては、ミス・クリード。入院していただけますか？」

「いやよ。アスピリンをのめばすむことなのに、体を切り裂かれて、さらに大金まで払うなんて」

教授は平然として言った。「残念ながら、アスピリンではこの頭痛は治りません」患者の挑戦的な視線を受けとめ、ゆっくりと続ける。「手術をしないと命を落とすことになりますよ」

「ずいぶんはっきり言うのね」

「はっきり言わなければ、あなたは耳を貸さないでしょう。僕もそういうタイプです」

「私のどこが悪いのか、生き延びられる可能性はどれくらいなのか、正確に教えてちょうだい」

「いいですとも。だったら席をはずしてもらいましょうか、こちらのミス……」

「むずかしくて覚えられないようですね」ジェニーは助け船を出した。「私は看護師で、伯母の世話をすることになっているんですよ」

「ああ、そうか。だったら説明しよう」

教授が懇切丁寧に説明した。伯母の脳にはわずかな出血があり、それがひどい頭痛を引き起こしているという。やがて話したり呼吸したりするのが困難になり、最後には意識喪失に至る。「そういう症状がありましたね？」教授は尋ね、伯母が何度かあったと素直に答えると、うなずいた。「僕が出血している箇所を見つけます」自慢げではないが、必ず見つけるという自信が伝わってくる口調だ。「そして治します。僕の言うとおりにすれば、ほんの短い期間で生まれ変わったように回復するでしょう」

伯母は考えこんだ。「理にかなっているようね」それから眠そうに続けた。「でも、今日はもう疲れてしまって決められないわ。明日また来てちょうだい」

教授が首をかしげて患者をじっと見つめ、穏やかに言った。「今夜、手術をしたいんです」

枕の上にのったしわだらけの伯母の顔から、いくらかかたくなさが薄れた。「今夜？」

教授がうなずいた。「早ければ早いほどいい。ドクター・トムズに頼めば、カウパー病院の手術室を使うことができます」カウパー病院は地元の小さな病院で、ここからそれほど遠くない。「しばらく入院しなくてはなりませんが、動けるようになったらすぐにここへ戻ってもらうと約束しますよ」

「ジェニー?」伯母の声が突然、ひどく年老いて聞こえた。「私はどうしたらいいの、ジェニー?」

「教授のおっしゃるとおりにすればいいのよ、伯母さま」会話には加わらずにベッドわきに立っていたジェニーは、もう少し伯母に近づいた。「ファン・ドラーク教授はすばらしい外科医だとドクター・トムズも言っていたわ。だから手術を受けるのが最善の選択よ。そうすれば、オリヴァーが来るころにはすっかり元気になるわ」本当はそこまで言いきれないが、この状況ならささいな嘘は許されるだろう。

伯母はしばらく考えてから言った。「じゃあ、さっさと手術をして」急に力強く高圧的な声になった。「必ず成功させてちょうだい」

教授が落ち着いた声で請け合った。「ちょっと話をしてきてもいいですか、ミス……あなたの姪ごさんと? 代わりの人を呼んで、ついていてもらいますから」

「好きにすればいいわ」伯母がぶしつけに言った。「あなたはなんでも自分の思いどおりにしたい男性のようね。ジェニー、この人にやりこめられないようにするのよ」

教授の先に立って廊下を歩きだすと、ジェニーは言った。「たぶん伯母は気分がよくないから、あんな失礼なことを――」

教授がその言葉をさえぎった。「硬膜下出血が起きているのに気分がいい人はいないよ。僕にやりこめられないようにという伯母さんの言葉について言っているなら、そんな可能性はまずないだろう」

ジェニーがふいに足をとめると、すぐうしろを歩いていた教授がぶつかってきた。倒れそうになったジェニーの肩を、すかさず教授の手が支える。だが、ジェニーはその手を払いのけた。

「どうしてそんなに失礼なのかしら。イギリス人が嫌いなの？　それとも単に女性が嫌いなの？　いずれにしろ、伯母にとってはいいことではなさそうね」

「いいかい、ミス――」

「ねえ」ジェニーはいらだたしげに口をはさんだ。「私はミス・レンよ。とても簡単な名前だから、毎回口ごもるのはやめてもらいたいわ」

するとと、教授が笑った。笑うと彼がまるで別人のように若く見えるのに気づき、ジェニーは軽いショックを受けた。

この人のことをもっと知りたい――こみあげてきたそんな思いを即座に抑えこみ、ジェニーは尋ねた。「それで、さっきは何を言おうとしていたの？」

教授はもう笑っていなかった。再び傲慢そうに彼女を見おろし、階段へ通じるドアを開けて押さえた。「僕はイギリス人が嫌いではないし、女性が嫌いでもない。これで君の好奇心は満たされたかい？」

ジェニーはむっとし、階段を駆けおりた。しかし、教授は大柄な体に似合わぬすばやさでついてきて、彼女のために礼儀正しくドアを開け、玄関ホールへ通した。

「どこなら話ができるかな？」教授がふいに尋ねた。

ジェニーは先に立って見学者たちの間をすり抜け、玄関を出て、砂利敷きの細い小道を進んだ。その道は屋敷の隣の小さな教会へ続いている。教会墓地の門を抜け、古い墓碑の間に立つと、ジェニーは口を開いた。「ここでいいわ」

驚いたことに、教授が言った。「静かでとても美しいところだな」教会の石壁にもたれ、優雅な靴をはいた足を交差させて、両手を上着のポケットに突っこむ。「君の伯母さんの容態はかなり深刻だ。これ以上悪化する前に出血をとめなくてはならない。僕がすぐに手術をすれば、回復の見込みは十分ある」そこで高級そうな腕時計をちらりと見た。「今、三時だ。カウパー病院にはもう話をしてあるから、午後六時には手術室を使える。もちろんドクター・トムズも来るし、優秀な麻酔医と助手もそろっている。君はさっそく救急車を呼んで、ミス・クリードを病院へ運んでくれるかい？　手術が終わるまで君も病院にいるんだろう？」

「もちろんよ。ミセス・ソープに話をしないと。それから家政婦にも……」ジェニーが半ば独り言のようにつぶやくのを聞き、教授は楽しげな顔をした。

「まずは救急車が先ね。私ではなくてあなたが連絡を取ったほうがいいんじゃないかしら？」

「さっき救急隊員と話したんだ。緊急搬送の連絡が入ると伝えておいたから、問題はないだろう」

ジェニーは興味をそそられて彼を見た。「手術をすることになると確信していたのね。そんなに何もかも手配してあるなんて」

「前もって準備をしておきたいたちでね。それに僕はドクター・トムズを信頼しているから、彼の見立てを確認しただけだ」

ジェニーはあっけに取られて言った。「ええ……そうなんでしょうね。ここへは車でいらしたの？」

教授が屋敷の玄関前の砂利道に堂々ととまっているパンサーＪ七二に向かってうなずいたので、ジェニーは目を大きく見開いた。

「あれがあなたの車？　私はてっきり、その……」

「そんなに若くもないオランダ人が乗りそうな車ではないな」教授がかすかにほほえんだ。

「ええ……いいえ、あの、すてきな車ね」ジェニーはふいに息苦しさを覚えた。「それにあなたはちっとも年を取ってなんかいないわ！」

「もうすぐ四十歳だ。君はいくつだい、ミス・レン？」

「私？　私は二十五歳よ」年齢を教えるつもりなどなかったのに、ジェニーは思わず答えていた。「伯母をどこへ連れていけばいいのかしら？」

「病院でスタッフが待っている。手術前には何も食べたり飲んだりしてはいけないが、もちろん君はわかっているね」二人は話しながら教授の車へ向かい、そこでそっけなく別れの挨拶を交わした。

屋敷に戻ったジェニーは電話で救急車を呼び、それからフローリーとミセス・ソープに事情を話しに行った。ぐずぐずしている場合ではなかったが、心の奥では教授があの華麗な車で走り去るのを見ている時間があればよかったのにと思っていた。

フローリーはすぐに状況を理解してくれた。有能な彼女になら、何もかもまかせられる。だが、ミセス・ソープは興奮して騒ぎたて、貴重な時間を無駄にした。〝ほら、だから私は昨日夫に言ったのよ〟〝まあ、まさか〟〝いちばんいいのは――〟

ジェニーが如才なくさえぎり、明日の午後、見学者の応対をしてほしいと頼まなければ、ミセス・ソープはまだ話しつづけていただろう。

「何も心配しないで、ジェニー。私が何もかも取り仕切るから」ミセス・ソープは得意げに胸をふくらませた。「私たちは誰一人としてミス・クリードをがっかりさせないわ」

ジェニーは礼儀正しく礼を言いながら、伯母が今の会話を聞いていなくてよかったと思った。伯母はこの牧師の妻をあまり快く思っていないからだ。ジェニーは急いで伯母の部屋に戻った。これからすぐに病院へ行くことはまだ伝えていないが、救急車はまもなく到着するだろう。ジェニーは伯母のそばにいてくれたフローリーを送り出し、旅行鞄(かばん)に必要なものをつめこむと、ベッドに近づいた。

伯母は目を閉じていたが、不明瞭な声で即座に言った。「あなたが陰でこそこそ何かしているのはわかっているのよ、ジェニー。私は全部知っているんだから」

「ええ、そうでしょうね、ベス伯母さま。でも、内緒にしていることは何もないわ。さっき言っていたとおり、教授は伯母さまを入院させたがっているの。だから私はそのための荷造りをしていたのよ。もうすぐ救急車が到着するわ」

「私はなんでも自分で――」伯母が言いかけた。

「いいえ、無理よ、伯母さま。今だけは。私が一緒に行って、そばについているわ。なにもかも手配されているから、心配しないで」

「心配はしていないわ」伯母がけだるそうに言った。「あの大柄な男性が信頼できる医師だというのは確かなんでしょうね？」

「ええ、確かよ」自分でも驚いたことに、ジェニーは本当にそう確信していた。教授の手術を見たこともないのにおかしな話だけれど。

そして数時間後、教授が手術着のまま、師長室で待っているジェニーのところへやってきたときも、その確信は揺らいでいなかった。

教授は前置きなしに言った。「伯母さんの手術は無事すんだよ。年齢のわりにとても健康だから、回復も早いはずだ。それなりの配慮は必要だがね。詳しい話を聞きたいかい？」

「ええ、ぜひ」

手術について長々と説明してから、教授は言った。「ミス・クリードの意識がそろそろ戻るころだ。戻ったら君に会いたがるだろう。泊まる準備はしてきただろうね？」

「もちろん」

「よかった。僕はもうしばらくここにいるし、明日の朝もようすを見に来る。ドクター・トムズは手術のあとすぐに出かけたが、満足していたよ」

ジェニーは恥ずかしそうに言った。「ありがとう、ファン・ドラーク教授、心から感謝しているわ」しかし、ひどく冷たい彼の返事を聞き、まるで肘鉄を食らったように感じた。

「感謝する必要はない。これが僕の仕事だ。すぐに誰かを迎えに来させよう」そう言うと、教授は部屋を出ていった。

たとえ私のことが好きではなくても、あんなにそっけない態度をとらなくてもいいじゃないの。ジェニーは心の中でつぶやいた。教授は伯母に対しては親切で、辛抱強かった。伯母がどんなに偏屈かすぐに見て取り、うまく話を進めた。伯母にさんざんやりこめられた人たちは今までおおぜいいたのに。伯母がおだてや説得に耳を貸さないたちだと知らず、その意思を無視したせいで。

ジェニーは立ちあがり、小さな部屋を歩きまわった。とにかくあの男性は外科の教授だ。教授と呼ばれる人たちには、ほかの人とは違う何か特別な才能があるのだろう。鏡の前で足をとめ、ぼんやりと髪に触れた。そうはいっても、彼はあまりにも傲慢でぶしつけだわ。結婚しているのかしら？　もししているなら、幸せなのかしら？　私には関係ないことだけれど。

もっとも、ファン・ドラーク教授がたまたまドクター・トムズの家に滞在していたのは幸運だった。カウパー病院はとてもいい病院だが、規模が小さくて顧問医がいない。手術をするとなったら、伯母ははるばるブリストルかプールかサウサンプトンまで行かなくてはならなかっただろう。

やがて看護師が迎えに来て、ジェニーは病院の奥のほうに三つ並んでいる個室へ向かった。伯母はいちばん手前の部屋にいた。さまざまな機器に囲まれ、とても小さく弱々しく見える。ジェニーが入っていくと、目を開けてかすかにほほえみ、また目を閉じた。だが、しばらくしてかぼそい声で言った。「終わったの？」

ジェニーはベッドわきに座った。伯母は感情的になったり涙を見せたりするのを嫌うから、自分の気持ちを抑えこみ、ほっとして泣いてしまいそうなのを必死にこらえた。「ええ、伯母さま、とてもうまくいったそうよ」そのとき教授が静かに入ってきて、背後に立つのがわかった。彼は小声で看護師に何か言い、ベッドの足元にまわった。

ミス・クリードが再び目を開け、かすれた声で教授に尋ねた。「満足のいく仕事ができた？」

「ええ、できましたよ、ミス・クリード。あなたにもきっと満足してもらえるでしょう。もう少し眠ってほしいので、看護師が注射を打ちます」

「しかたないわね」伯母はつぶやき、それから言った。「そばにいてね、ジェニー」

「ええ、ベス伯母さま、ずっとここにいるわ」

ジェニーは夜じゅう椅子に座っていた。ときどき看護師が持ってきてくれる濃い紅茶で眠けを覚まし、伯母が目を開けて自分を呼んだときに備えて起きていた。しかし、伯母は眠りつづけた。朝が近づくにつれてジェニーはまぶたが重くなり、いつしかうとうとしていた。やがて肩に教授の手がやさしく置かれ、耳元で穏やかな声が聞こえて、目を覚ました。

「伯母さんは意識を取り戻しつつある」

ジェニーは体を起こしたが、赤褐色の髪はくしゃくしゃで、化粧はすっかり落ちてしまっていた。

教授が小声で続けた。「君は疲れているだろう。伯母さんと少し話したら、ベッドに入るんだ。伯母さんは手術直後のことなど覚えていないから、君はあとで戻ってくればいい」そして、抗議しようとするジェニーを制して言った。「数時間、看護師寮で眠らせてもらうんだ」

うんざりするほど長い間待ったかいがあった。伯母がようやく目を開け、ふだんどおりの声で言った。「ちゃんといてくれたのね。あの男性はどこ？」

「ここですよ」教授が静かに答えた。「何もかも順調です、ミス・クリード。できるだけたくさん眠ってください。それからジェニーをそろそろ寝かせてあげないと。ひと晩じゅう起きていたんですから」

「私たちはお互いのことが好きなのよ」伯母が力強い声で言った。「私もジェニーのためならひと晩じゅう起きているわ。でも、今はもちろん彼女を寝かせてあげて」

「ええ。彼女は休んだらまた戻ってきます。そのときはあなたももっと話ができるようになっているでしょう」

　ジェニーはすぐに病院の隣にある看護師寮の空き部屋へ連れていかれた。今が何時かもわからなかったが、疲れていて確かめる余裕もなかった。シャワーを浴び、看護師が持ってきてくれた紅茶を飲んで、ベッドに倒れこむ。頭を枕につけた瞬間、眠りに落ちていた。

　そして、日勤の看護師に起こされた。「伯母さまがあなたを呼んでいるの。こんなふうに起こして申し訳ないんだけど、伯母さまはちょっと気むずかしくて……来てもらえるかしら？」

　ジェニーは眠けを振り払った。「ええ、もちろん。伯母は具合が悪いんですか？」

「いいえ……ただ、なかなか言うことを聞いてくださらなくて。ここに部屋着とスリッパがあるわ。これでかまわないわよね？　通路を通って病室まで行けるから」

　ジェニーは部屋着をはおってスリッパをはき、伯母の病室へ向かった。屋根付きの通路を歩きながら、看護師に尋ねた。「今、何時かしら？」

「もうすぐ正午よ。注射を受けるように伯母さまを説得してもらえると助かるわ。あなたには軽食を持ってくるから、それを食べて、また眠ってね。疲れきっているでしょう?」

「大丈夫です」ジェニーはきっぱりと言い、あくびを噛み殺した。病室へ近づくと、怒っている伯母の声が聞こえてきた。

枕に寄りかかって座る伯母は確かに不機嫌だった。顔を紅潮させ、包帯を巻いた頭の下のブルーの瞳をぎらつかせている。「やっと来たわね!」伯母は傲慢そうに言った。「こんなに気のきかない人たちに私をまかせて、いったいどこへ行っていたの? それにあの外国人の医者はどこ? ここにいて私の面倒を見るはずだったのに」

ジェニーはベッドのそばに座った。「仮眠を取っていたのよ。夜の間ずっとここで起きていたから、眠かったの。何をいらだっているの、伯母さま?」

伯母は落ち着きなく頭を動かした。「家に帰りたいのよ。それに、この人たちにはうんざりなの、注射をさせろとうるさくて。私は眠りたくないのに」

ジェニーはひそかにため息をついた。「手術を受けたんだから、十分な睡眠を取らないと気分はよくならないわ。今は眠くないでしょうけれど、注射をすればすぐに——」

「彼は何をしに来たの?」伯母がジェニーの背後に目を向け、さえぎった。

教授がいつのまにかジェニーのうしろに立っていた。「注射をしに来たんです、ミス・クリード。なぜ注射をしなくてはならないか、姪ごさんが説明しましたね」彼はジェニーに向かってうなずくと、伯母の腕をつかんでさっさと針を刺した。

「私はこんな扱いを受けることに慣れていないのよ」伯母が憤然と言った。「自分の思ったとおりにするのが好きで——」

「僕もそうです」教授が楽しげに言った。「次に目が覚めたときは、もっとずっと気分がよくなっているでしょう」

「ばかばかしい」伯母は口を開きかけたが、すでにまぶたが下りてきていた。「そんなことは……」

ジェニーはほっとして息を吐き出した。「かわいそうに、ひどい気分なんでしょうね」そう言ったきり、疲労に襲われて立ちあがれず、大きなあくびをした。もし教授が冷ややかにこう言わなかったら、その場で再び眠りこんでしまっただろう。

「ベッドに戻るんだ、ミス・レン。君はまだ睡眠が必要なようだ」

その声はあまりにも冷たく、ジェニーは目を開けて教授を見た。彼の顔も声と同じくらい冷たかった。

「私はするべきことをしなかったかしら？」ジェニーは高飛車に尋ねた。教授もほとんど寝ていないはずなのに、そうは見えない。たぶん鉄のような意志の持ち主で、疲労も喜びも悲しみも感じないようにしているのだろう。そう言おうとして口を開くと、代わりにまたあくびが出て、座ったまま眠りに落ちた。

教授はこれ以上ないほどいらだった顔をした。

「ドアを開けてくれるかい？」これからミス・クリードに付き添うことになっている看護師に声をかけると、彼はジェニーをすばやく抱きあげて寮まで運んだ。やさしくベッドに寝かせて毛布をかけてやったとき、彼女が寝返りを打った。「本当に厄介な女性だ、僕にこんなことまでさせて」

もしジェニーが聞いていたら猛然と反論しただろうが、今の彼女はかすかに寝息をたててぐっすり眠っていた。

3

ジェニーは午後四時近くになってようやく目を覚ましたが、寝起きでぼんやりした頭がはっきりするまでもうしばらく横になっていた。あれからまた三時間も眠ってしまったし、もし伯母の容態が落ち着いていれば、今夜遅くにはいったんディムワース・ハウスに戻れるかもしれない。

しかし、伯母の病室にはまたもや師長がいた。入るべきかどうかジェニーがドア口でためらっていると、いきなり教授に体をつかまれ、わきにどかされた。彼はジェニーには目もくれずにベッドへ近づき、伯母の上にかがみこんで師長に何か言った。あいにく腹立たしいほど静かな声で、今や不安の塊になってドア口に立っているジェニーにはまったく聞こえなかった。何が起きたのかと尋ねようとしたそのとき、教授が振り返りもせずに言った。「入ってくれ、ミス・レン。話がある」

ジェニーは教授のそばまで行き、彼の顔を見てから、意識のない伯母の顔に視線を移した。

ジェニーの表情を見て、教授が急いで言った。「不安になる必要はない。症状がぶり返したんだ。これから輸血をして、電解質を変える。それでたぶん落ち着くだろう。伯母さんにはもう少し安静にしていてほしかったな」

「危険はないんでしょう？」ジェニーは心配そうに尋ねた。

「大丈夫だ」

ジェニーはすぐに言った。「伯母のそばにいてもいいかしら？　私は十分休んだし、伯母が目を覚ましたときにここにいれば、数日間は無理をせずのんびり過ごすように説得できるわ」

　教授がかすかにほほえんだ。「師長はずいぶん苦労したようだから、君が手伝ってくれれば喜ぶだろう」そこでベッドの反対側に立っている師長を見た。「ミス・レンはこれから食事をとって、そのあと君たちと交代してくれる。夜もずっと付き添ってくれるだろう。たっぷり休息を取ったはずだから」

　ジェニーは憤然として息を吸いこんだ。たっぷり休息を取ったですって！　昨夜はロンドンから運転してきたあと、寝ずに伯母に付き添って、今日は三時間にも満たない睡眠を二度取っただけだ。自分が頑丈だからって、ほかの人もそうだと思いこんでいるに違いない。反抗心から食事を断ろうかとも思ったが、そんなことをしたら空腹に耐えられなくなるのはわかっていた。ジェニーはうわべは素直に言った。「そうさせていただけるとうれしいわ、師長」

　ジェニーは運んでもらった食事をとってから、伯母のベッドわきの椅子に身を落ち着けた。だが、三十分ごとに看護師が見まわりに来るうえ、点滴からも目を離すわけにいかず、座っている暇はほとんどなかった。

　夜は静かに過ぎた。伯母が目を覚ます気配もなかった。午後九時ごろ、教授がドクター・トムズを伴って現れた。そして患者のようすを確認するとジェニーに向かってそっけなくうなずき、出ていった。

　午前零時ごろ、夜勤師長がドアから顔をのぞかせた。「何も問題はないかしら？」ジェニーがうなずくと、師長はほほえんだ。「もう少ししたら、誰かに交代させるわ」

　まもなく看護学生がやってきたので、ジェニーは食事に行った。そしてまた急いで病室に戻り、伯母に付き添った。

　午前二時、点滴を交換しているときに、伯母が目を開けていつもの声で言った。「寝なくてはだめよ、ジェニー。私はずいぶん気分がよくなったわ」

「うれしいわ。安静にしていれば、もう具合が悪くなることはないはずよ。私はちゃんと眠ったから、心配しないで」ジェニーは笑顔で、できる限りさりげなく言った。伯母は涙を見せたり感情的になったりするのをいやがるからだ。「何か飲んでみる？」

ジェニーが飲み物の用意をしていると、教授が静かに病室へ入ってきた。伯母に向かってほほえみ、ジェニーが書きこんだカルテを手に取る。注意深く目を通してから満足げに何かつぶやくと、ジェニーのほうを見もせずにカルテを返した。「よくなっていますよ」教授は伯母に向かって言った。「もう少し眠ってほしいですが、もし眠れなければ、動かないでおとなしく横になっていてください。そうすれば注射を打つ必要はありません」

「あなたも眠らないの？」伯母が尋ねた。

「もちろん眠ります」教授は再びほほえみ、ドアへ向かった。「朝食のあとでまたようすを見に来ますよ」そして、ジェニーには一瞥もくれずに出ていった。

「あなたたちはあまり仲がよくないみたいね」眠りに落ちる前、伯母が言った。ジェニーはまた椅子に座り、眠ってしまわないようにしながら、伯母の言うとおりだと認めざるをえなかった。

日勤の看護師がやってきて付き添いを交代してもらうとすぐに、ジェニーはベッドに入って眠った。だから教授の朝の回診には立ち会えなかったが、午後、彼が再び診察に来た。そのあとでジェニーを廊下に促し、ミス・クリードはもう危険な状態を脱したから、今夜は泊まりこむ必要はないと告げた。

「ドクター・トムズの家に戻る途中、ディムワース・ハウスの前を通るから、僕の車で送ろう」教授は温かみのかけらもない声で言った。

断れればよかったが、ジェニーに選択肢はなかった。ディムワース・ハウスには迎えに来てくれるほど暇な人はいないし、トビーに電話をかけて頼む気にもなれない。ジェニーは教授と同じように冷ややかな口調で礼を言い、伯母の病室に戻った。

伯母はジェニーが帰ってもかまわないようすで、いくつも言付けを頼み、片づけるべき用事を並べたてていたが、途中で寝てしまった。ジェニーは伯母の疲れきった顔にキスをしてから病室を出て、教授が待っている場所へ向かった。教授は車を降りてきてドアを開けてくれた。しかし、ジェニーが座席に落ち着く前に車を出した。

苦労してシートベルトを締めながら、ジェニーは不機嫌に言った。「私のことがちっとも好きじゃないみたいね?」

腹立たしいことに教授は笑った。嘲りのこもった感じの悪い笑い方だった。「ずいぶん自惚れているね、お嬢さん。そもそも君にはまったく興味はないよ。いや、正直に言うと、毒舌の赤毛の女性のために時間を割くほど暇ではないということだ」

「あなたははっきりものを言う自分を誇りに思っているんでしょうけれど」ジェニーはわざと愛想よく言った。「私はそれを無礼と呼ぶわ。ただの好奇心からきくけど、あなたはどんな女性が好みなの?」

教授は車のスピードを落とし、横目でちらりとジェニーを見た。「すらりとしていて、穏やかで、やさしい女性だな。もちろん美人のほうがいい。ブロンドの髪、ブルーの瞳、美しい声――」

「まるでお人形ね」ジェニーはさえぎった。「たとえそういう女性を見つけたとしても、奥さんにしたら死ぬほど退屈に違いないわ」そのとき、ふとある考えが浮かんだ。「もしかしたら、もうそういう女性を見つけたの? あなたは結婚しているのね?」

「まったく、なんて生意気な口をきくんだ」教授は心底楽しげに言った。「いや、僕は結婚していない。次はいつ伯母さんのところへ来るんだい？」

ジェニーはかっとなった。「あなたって本当に我慢ならない人ね！　あなたみたいな人には会ったことが……」そこで深呼吸をして癇癪を抑えこむと、うまくあしらったわね。ジェニーは心の中でつぶやいた。「明日の朝よ。あなたはいつオランダに戻るの？」

「希望的観測かい？」教授が尋ねた。「君の伯母さんが回復してからだ」

ジェニーは彼に感謝の気持ちをろくに伝えていないことに気づいてきまり悪くなり、身じろぎした。「いいえ、違うわ……あの、伯母のために力を尽くしてくれてありがとう。伯母の命を救ってくれて、心から感謝しているわ。せっかくの休暇がだいなしになったんじゃなければいいけれど」

ジェニーが口にした礼の言葉を、教授はすげなく無にした。「いいかい、僕はそれで金をもらっているんだ。しかもここへは休暇で来ているんじゃない」

無理に明るい声で言った。「今日はなんてすばらしい日かしら」

教授は一瞬瞳をきらめかせ、唇の端をゆがめた。そして慇懃に同意の言葉をつぶやいてから、ミス・クリードの病気について医学的な見解を述べた。やがてディムワース・ハウスに着き、紅茶を飲んでいかないかとジェニーが礼儀正しく誘ったときは、言い訳をするふりさえせずに断った。

屋敷に入った瞬間、ジェニーは教授のことを頭から追い出した。そして実際、フローリーの話を聞いている間は完全に彼のことを忘れていた。留守中にとくに変わったことはなかったようだ。二日間とも見学者が多くて自家製ジャムが足りなくなり、ミセス・ソープがあまりにも偉そうな態度をとるのでグリムショーが困っているとフローリーは言った。

ジェニーは同情しながら耳を傾け、よくやってくれたとフローリーをほめたたえると、伯母の病気について簡単に説明した。そのあと屋敷をひとまわりしてから伯母の部屋へ行き、入院中にさらに必要になりそうなものをそろえた。それから通用口を出て、庭と駐車場を通り抜けて牧師館へ向かった。ミセス・ソープは尊大なところがあるかもしれないが、根は善良な人だ。ジェニーはミセス・ソープに会って伯母のようすを伝え、にこやかに礼を言うと、再び屋敷に戻った。そして早めに夕食をとり、ベッドに入った。

翌朝、病院へ行くと、伯母は調子がよさそうだった。ジェニーはほっとして、まだ青白い伯母の顔を眺めた。症状のぶり返しはおさまったようだ。あとは言われたとおり安静にしていられるかどうかが問題だろう。しかし驚いたことに、それから数日間、伯母はまさに言われたとおりに過ごした。ジェニーにはまるで家畜用の残飯だと文句を言いつつも、出された食事をきちんととり、看護師が体を起こさせたり寝かせたりしても、ほとんど愚痴をこぼさなかった。ジェニーは伯母の変わりようが心の底から不思議だった。数日後、たまたま病室にいるときに教授がやってくるまでは。

「明日が六日目よ」教授が診察を終えると、伯母は言った。「私の勝ちね」

教授はベッドの足元に立ち、笑いながら伯母を見おろした。「明日の朝ではなく、昼までですよ。そう決めたでしょう？　さらに三日間続けるというのはどうです？　金額はあなたが提示してください」

伯母はくすりと笑った。「明日、あなたがここに来て全額払ってから、そのあとのことを決めるわ」

教授は伯母に向かって魅力的にほほえみ、ジェニーにはそっけなくうなずいただけで出ていった。

ジェニーはすぐに尋ねた。「いったいなんの話?」

伯母はにんまりした。「私たちはささやかな賭けをしているのよ」

ジェニーは目を見開いた。「賭けですって?」

「彼はあのひどい食事に私が耐えられないほうに五十ポンド、看護師に言われたとおりにしないほうに二十ポンド賭けているの」

ジェニーは息を吐き出した。「まさか……ありえないわ、医者がそんな……」

「あら、医者が賭けをしないどんな理由があるというの?」伯母はせせら笑った。「明日になったら賭け金を百ポンドにして、あなたにすてきなドレスを買ってあげるわ」

それでは、教授に店へ連れていかれてドレスを買ってもらうのと同じことだ。「いいえ……やさしいのね、伯母さま。でも、服はたくさん持っているから。それより、この前シェルボーンの店で見たすてきなチェストを買ったらどう? オリヴァーのために欲しいと言っていたでしょう」

「そうだったわね。じゃあ、それを買うわ。あとで店に電話して、ディムワース・ハウスにあのチェストを送ってもらってちょうだい。オリヴァーはいつ来るんだったかしら? 忘れてしまったわ」

「来週よ。今朝早くマーガレットから電話があったの。伯母さまが病気なのに行ってもいいのかときかれたわ。オリヴァーは少し騒がしいとマーガレットは思っているから……」

「愚かな女性ね。オリヴァーはその場を明るくしてくれるのに。それに、あの子が泊まっている間、私はほとんど家にいないと思うわ。ファン・ドラーク教授が一、二週間、家を離れたほうがいいと言うの。そのことはまたあとで相談しましょう。さあ、行って、ジェニー。チェストのことを頼んだわよ」

ディムワース・ハウスに戻ったジェニーは、まずチェストの手配をし、見学者が帰ったあと自分の分担の家具磨きや掃除をすませて、夕方また病院に戻った。伯母は眠っていた。とても調子がいいようだと師長は言っていた。もうすぐ家に戻れるだろうが、いつになるかは教授が決めるという。ジェニーはうなずき、眠っている伯母の頬にキスをしてから、モーガンをとめてある場所に戻った。

隣にとまったパンサー・デビルのせいで、モーガンは見劣りした。パンサーの運転席には不愉快そうな顔の教授が座っていた。「しばらく会わなかったね」彼は車を降りてきてジェニーの隣に立った。

「あなたにとってはいいことでしょう」ジェニーは反抗的に言った。「伯母はだいぶよくなっているようね」

「ああ」

ジェニーは続きを待ったが、教授はよけいな話をする気はないようだった。「伯母と賭けをしているんですって?」彼女はとがめるように言った。「そんなばかげた話は聞いたことがないわ」

教授がほほえんだ。その笑顔を見てジェニーは、自分たちがお互いを好きならよかったのにと思った。

「だが、おかげでうまくいっただろう? 君の伯母さんはすばらしい女性だが、患者としては最悪だ。だから少しずるい手を使う必要があった」

数日ぶりに、ジェニーは声をあげて笑った。その声は鳥のさえずりのように心地よく響き、教授はまるで初めて会ったかのように彼女をじっと見つめた。

「伯母はいつ退院できるの?」ジェニーは尋ねた。

「万事順調なら、一週間後くらいだ。退院したあとも君が伯母さんの世話をするのかい?」

「ええ」

教授がうなずいた。「小さな男の子が泊まりに来るそうだね。わかっていると思うが、伯母さんを刺激するような騒々しい声や音をたてるのは厳禁だ」

「オリヴァーはまだ六歳だけれど、とても賢いの」ジェニーは甥をかばった。「理由をきちんと説明すれば静かにしているわ」

教授が一歩うしろに下がった。「これ以上引きとめるのはよすよ。君は帰りたいだろうから。おやすみ」礼儀正しいけれど冷たい声で言った。

ジェニーは黙ってモーガンに乗りこみ、彼のほうを一度も見ずに走り去った。失礼なふるまいはお互いさまだと自分に言い聞かせて。

五分後、パンサーが背後から静かに近づいてきて、たちまちモーガンを追い越していった。ジェニーは小声で悪態をついて鬱憤を晴らし、抜き返したいという愚かな衝動を抑えこんだ。

ディムワース・ハウスに着くとトビーが待っていて、ジェニーの機嫌はさらに悪くなった。彼はいろいろとよけいな手伝いを申し出たあげく、十分な睡眠や食事がとれていないようだから健康が心配だと言い、そのあと自分の手紙にジェニーがまったく返事を出さなかったことを持ち出して、自分との結婚を考えていないのかと尋ねた。

「ええ、考えていないわ」ジェニーはぴしゃりと言った。「ベス伯母さまの具合が悪くなって、するべきことが山積みだったんだもの、考える暇なんてはなかったわ。とにかく、私はあなたと結婚したくないのよ、トビー」

トビーはまるでゴムボールのように、何を言われようと何をされようと、すぐに立ち直る。「ああ、そうか。君は疲れているんだね。何か僕にできることはあるかい？」

教授だったら何もきかないだろう。そんな考えがふとジェニーの頭をよぎった。彼なら私が何をしてほしいかわかるだろうし、わざわざきかずに私の望むことをしてさっさと家に帰り、そっとしておいてくれるだろう。ジェニーはうんざりして言った。

「ないわ、トビー……ねえ、私は忙しい一日を過ごして疲れているの」

「帰ってほしいのかい?」トビーはようやく立ちあがった。「わかったよ、ジェニー。僕も明日は早く起きなくてはならないんだ」笑いながら言った。

「睡眠は八時間取りたいからね」

ジェニーはいらだちを抑え、おやすみなさいと挨拶した。みんなはトビーのことを好青年だ、夫にするにはぴったりだと言う。確かに彼はいい人だけれど、あまりにものんきすぎる。ジェニーはキッチンへ行き、パンとチーズを分厚く切った。空腹を満たしたおかげで少し気分がよくなり、ベッドに入った。

それから二日間、教授には会わなかった。だが、実は二日とも、彼ば病院から帰るジェニーの車を知らん顔で追い抜いていた。そして今、二人はようやく病院の玄関で顔を合わせた。教授がわきによけてジェニーを通そうとすると、彼女は足をとめて遠慮なく言った。「あら、まだいらしたのね。もうオランダにお帰りになったんじゃないかと思いかけていたわ」

教授はちらりと笑みを見せた。「昨日、村を出たところで君を追い越したよ」

ジェニーは目を見開き、無邪気に言った。「そうだったの? 知らなかったわ。ところで、伯母の具合がどんなふうなのか教えていただけないかしら。師長さんはいろいろ話してくれるけど、もう少しはっきりしたことを知りたいの」

教授は笑みを消し去り、そっけなく言った。「この二日間、僕たちが会えなかったのはあいにくだった。師長には十分な情報を伝えたつもりだが、こうして会えたんだから君に直接話しておこう。ミス・クリードはあと一日か二日で退院できる。ただ、しばらくは静養が必要だ。そのあと、ちょっと気分転換になることをするといい。クルーズが理想的だな。

気が向かないときは何もしないでいられるから。もちろん、誰かが一緒に行かなくてはならないがね。君が行くことになるのかい？」

ジェニーは気が進まなかった。そうなると、少なくとも当面の間は仕事と自分の生活をあきらめることになる。「ええ、伯母がそれを望むなら。クイーン病院へ行って、退職について話し合ってこなくてはならないけれど」

「君がいいと思うようにしてくれ」教授が無頓着に言った。「たぶん伯母さんが病院にいる間に話をつけたほうがいいだろうな」

ジェニーはみじめな気分でうなずいた。「そうね、これから伯母に会ってくるわ。私のために時間を割いてくれてありがとう」

教授のわきをすり抜け、ジェニーは伯母の病室へ行った。そこでは明るい表情を浮かべ、オリヴァーが訪ねてくることについて熱心に話した。そして、クイーン病院の仕事は辞めてもかまわない、病みあがりはクルーズを楽しむのがいちばんいいと請け合った。

その夜だけは自分の部屋で思いきり泣いた。病院を辞めて世話をすることを伯母が当然だと思うのはわかっていた。それに、伯母にそうすると約束したのだから。でも、トビーなら少しは自分の気持ちをわかってくれるだろうと思った。ところが彼はこう言ったのだ。〝それはすばらしいニュースだ。クルーズから帰ってきたら、結婚の話に片をつけよう。いったん病院を離れれば、君も仕事にしがみついているのがどんなに愚かなことかわかるだろう。君は別に金が必要なわけでもない。それに、みんなが僕たちは結婚するものと思っていて、僕もすっかりその気になっている。これ以上何を望むんだい？〟

トビーの言葉はジェニーの憂鬱な気持ちを少しも軽くしてはくれなかった。これ以上何を望むの？

ジェニーはベッドに座って膝をかかえ、自問した。私はただ、自分の人生を生き、自分で生計を立て、自分にふさわしい夫を見つけたいだけ。あんな無神経なことを言わない夫を。

伯母が屋敷に戻ってきても、予想していたほど苦労はしなかった。それどころか伯母はふだんよりもおとなしいくらいだった。本人いわく〝目を光らせていられる〟という理由で、伯母の部屋は一階に移された。ベッドや家具を二階から運ぶのは大変だったが、結果的にはそのほうがずっと都合がいいと誰もが認めた。新しい寝室の隣には小さな居間があって、伯母は一日じゅうそこに座り、ディムワース・ハウスを取り仕切ることができたからだ。

伯母が退院してから三日後、オリヴァーとマーガレットが訪ねてきた。マーガレットは車を運転しないので、彼女の実家の庭師のジャミーが古いダイムラーを運転してきた。車を降りるマーガレットを見て、本当に美しいとジェニーは思った。ブロンドの髪はつややかで、身につけているいかにも高級そうな服は瞳のブルーと完璧に同じ色だ。マーガレットは息子を待たずにさっさと歩きだし、オリヴァーは自分で車から這(は)い出してきた。

「最悪の旅だったわ！」マーガレットは言い、ジェニーの頬におざなりなキスをした。「オリヴァーはちっとも落ち着いていないんだもの。おかげでひどい頭痛がするわ」

本心はともかく、ジェニーはとりあえず同情の言葉をつぶやいた。それから小さな甥のほうに向き直り、にぎやかな挨拶を受けた。オリヴァーはジェニーにまた会えて大喜びだったが、彼女のほうも同じくらいうれしかった。「さあ、入って」ジェニーは二人を家の中に促した。「あなたはいつもの部屋を使ってね、マーガレット。オリヴァーは私の隣の部屋よ。ジャミーはロッジに泊まってもらいましょう。

ベス伯母さまは休んでいるわ」そこで問いかけるようにマーガレットを見た。「オリヴァーには話したんでしょう?」

「伯母さまのこと? ええ、だいたいはね。この子はまだ小さいから……」

ジェニーは内心ため息をついた。「よく聞いて、オリヴァー。ベス伯母さまは今、具合が悪いから、とっても静かにしていなくてはならないの。レモネードを飲んだら教会墓地へ行きましょう。そこで詳しく理由を説明するわ」

マーガレットは上品な鼻の上にしわを寄せた。

「まあ、ジェニー、どうしてもそこへ行かなくてはならないの? つまり、教会墓地のことだけれど」

「とても気持ちのいい場所よ。それに、オリヴァーには伯母さまのことをちゃんと理解してほしいの。そうすれば、お行儀よくしていてくれるはずよ」

屋敷に入ると、ジェニーは二人を居間へ通した。

大人たちがコーヒーで喉を潤しているそばで、レモネードを飲みながらビスケットを食べていたオリヴァーが突然言った。「ドブスはどうしたの?」

ドブスは伯母の運転手で、オリヴァーの親友だ。マーガレットとの退屈な会話からつかのま逃れられることにほっとして、ジェニーは言った。「ドブスはカナダにいる息子さんを訪ねているの。でも、明日か明後日には帰ってくるわ。私たちもみんな彼がいなくて寂しいのよ」

「そんなに質問ばかりしないで、オリヴァー」マーガレットが懇願した。「私はそろそろ自分の部屋へ行くわね、ジェニー。誰かに荷ほどきをしてもらわないと」そこでふいにジェニーの顔をじっと見つめた。「あなたはまだあのぞっとするような病院で働いているの?」

「ベス伯母さまが入院している間にロンドンへ行って、退職の手続きをしてきたわ」ジェニーは静かに答えた。そのことではまだ落ちこんでいた。「伯母さまはもうしばらく手助けが必要だから。でも、またいつでも別の仕事を見つけられるでしょう」

「あなたがなぜトビーと結婚しないのかわからないわ。夫にするにはうってつけの人なのに。身を落ち着けたくないの？」

ジェニーはそっけなく〝ええ〟と答え、マーガレットの体調について質問した。この話題なら彼女は間違いなく飛びついてくるのだが、話が始まったとたん、フローリーがドアを開け、静かに言った。

「教授がお見えです、ミス・ジェニー。ここへお通ししますか？」

ジェニーは顔をしかめた。教授は夕方に来ると言っていたのに、いつものように自分の思いどおりにしたらしい。「ええ、お通しして。それからコーヒーをもう少し持ってきてもらえる？」

教授が入ってくると、ジェニーは立ちあがって挨拶し、マーガレットを紹介した。マーガレットはこれ以上ないくらい魅力的にふるまった。ボッティチェリが描く天使を思い起こさせるようなその容姿は、そばにいる男性の視線を完璧に引きつける。もちろん教授も目を奪われていた。マーガレットは彼の目をたっぷり楽しませてから、オリヴァーを紹介した。

教授が小さな男の子にとても感じよく接することに、ジェニーは驚いた。男の子の扱いに慣れているようにさえ見える。オリヴァーがスコットランドに置いてきたペットの兎（うさぎ）の話を始めると、教授は熱心に耳を傾けた。マーガレットは息子に、つまらない話をしてお客さまを退屈させないでとかわいらしく頼み、話題を自分に向けた。ジェニーはコーヒーをつぎながら適当にあいづちを打っていたが、マーガレットがひと息ついたところで教授に尋ねた。伯母に会いに来たのか、もしそうなら早く診察したいのではないか、と。

教授は楽しげに瞳をきらめかせた。「かまわなければ、そうさせてほしい。今夜はブリストルへ行かなくてはならないんだ」それからマーガレットのほうを見て、丁寧に言った。「お会いできてよかった。近いうちにまた会えるといいですね」

ジェニーは激しいいらだちがこみあげるのを感じた。私にはまた会いたいなんて言ったことはないくせに。それどころか、会いたくないと思っているのがいつでもはっきり伝わってくる。ブロンドの髪とブルーの瞳が男性に及ぼす効果は絶大ね。

ジェニーが豊かな赤毛を肩のうしろへ払い、ドアへ向かうと、教授はオリヴァーにもさよならを言った。その言い方がとてもやさしかったことはジェニーも認めざるをえなかった。

伯母は教授に向かってぶしつけに言った。「またあなたね！　いったいいくら請求されることになるのかしら。ディムワース・ハウスを抵当に入れなくてはならないわ」

教授が声をあげて笑い、ジェニーも含み笑いをした。

「ほかのことはともかく、ユーモアのセンスだけは共通しているようね」二人を見て、伯母が言った。

「オリヴァーは着いたの？」

「ええ、階下(した)でレモネードを飲んでいるわ」

「けっこう。この厄介事がひと段落したら、会いに行くわ」伯母は脈を取っている教授を見た。「あの子をどう思った？　会ったんでしょう？」

「ええ。すばらしい男の子ですね。ディムワース・ハウスの立派な跡継ぎだ」

伯母が満足げにうなずいた。「私もそう思うわ。それで、あの子の母親のことは？」

「とても美しい女性です」ふだんは冷淡な教授の声には温かみがあった。

「そうね。でも、ここにいるジェニーとは比べものにならないわ」

教授がかすかに眉を上げ、からかうように唇の端を上げた。ジェニーは顔を赤らめ、何も言うまいと奥歯を噛みしめた。

「その件に関しては……僕は何か言える立場ではありませんよ」

ジェニーはますます気まずくなり、それを隠すために少しきつい口調で言った。「今日は伯母の診察に来たの？　それとも世間話をしに来たの？」

「両方だ。だが、もし君が忙しいなら……」

ジェニーはつんとして、忙しくはないと言い、看護師らしい態度を保って診察を手伝った。

伯母の回復ぶりからするとそんな必要はないのに、教授は毎日やってきた。彼が来るたびにマーガレットが屋敷を出たり入ったりしているのは偶然ではなかった。彼女は当然、庭を歩きましょうと誘ったり、睡蓮を見せましょうかと申し出たりしているのだろう。ジェニーは見学者を迎える準備や彼らが帰ったあとの片づけで忙しかったが、マーガレットのそういう言動には気づいていた。窓のそばに座ってあらゆることに目を光らせている伯母も、いくらか刺のある口調で言った。「マーガレットはエデュアルトの気を引こうとしているのね？　彼はそんな浅はかな男性ではないと気づいてもいいはずなのに」

「オリヴァーにとってはいいことでしょう」伯母が目を間違えてしまった編み物を苦労してほどきながら、ジェニーは考えこむように言った。

伯母はしばらくの間、ジェニーをじっと見ていた。

「確かにそうね。あの子には父親が必要よ。エデュアルトは子供が好きみたいね」

だからもう教授をエデュアルトと呼ぶんだわ。ジェニーは編み物に荒々しく針を刺した。「だとしたら、彼が結婚していないのは残念ね」軽い口調で言った。

「時間はたっぷりあるわよ、ダーリン。ところで、その編み物をほどきおえたら、オリヴァーをここに連れてきてもらえる？　少しおしゃべりしたいの」

　ジェニーは身をかがめ、伯母の頬にキスをした。

「わかったわ。すぐに見つかるでしょう。あの子はきっと木にのぼっているに違いないわ」

　そのとおりだった。ジェニーはオリヴァーをなだめて木から下ろし、騒がないように言い聞かせて、伯母のもとへ送り出した。庭から屋敷に戻る途中、マーガレットと教授が一緒にいるところを見た。屋敷の南側の広い歩道をゆっくり歩きながら、マーガレットは大胆にも教授の腕に手をかけ、彼を見あげて笑っていた。昨夜マーガレットは、ここを訪れてこんなに楽しいのは初めてだと言っていた。今、彼女を見つめ、ジェニーはその理由を理解した。

4

　教授は毎日やってきたが、ジェニーと二人きりで会うのは避けていた。二人が顔を合わせるのは伯母が一緒にいるときだけで、教授は伯母がジェニーに身のまわりの世話や屋敷の切り盛り、来るべき休暇について指示を出すのを聞いていた。伯母はついにクルーズに出かけることを決めた。行き先はマデイラ島とカナリア諸島だ。昔、訪れたことがあり、いずれまた行きたいと思っていたという。

　もちろんジェニーも一緒に行くことになっている。伯母はクイーン病院の仕事について尋ねもしなかった。自分のために姪が犠牲を払うのは当然だと思っているのだ。そして急にトビーとの結婚を強く勧めるようになった。ジェニーと二人になるといつも彼の話をする。どんなに否定しようと、姪は本当は彼と結婚したいのだと信じているらしい。

まるで網にかかった魚のような気分だった。病院の同僚にうらやましがられているのは知っている。休日に帰ることのできる大きな屋敷、自分自身の財産、爵位を持つ親戚、結婚を望んでくれている同じような家柄の好青年……。何もかも理想的だけれど、なぜか罠にはまったように感じる。しかも今や、伯母までが積極的にトビーと一緒にさせようとしている！

伯母をないがしろにすることは考えられない。伯母からは言葉に言い尽くせないほどの厚意を受け、おかげで幸せな子供時代を送ったのだ。それに何より、あの怒りっぽい伯母のことを愛している。だから精いっぱい努力しなくては。伯母が健康を取り戻したら、また仕事をさがそう。そしてどうにかして、あなたの妻にはなれないとトビーを説得しなくては。

トビーは相変わらず毎日電話をかけてきた。ときには一日に二度、これ以上ないくらい都合の悪いときに。花を飾ったり、展示用の貴重な銀器を磨いたりしているジェニーにつきまとうこともある。そういう場面を教授に見られると、彼女はなぜかひどくいらだった。

だが、オリヴァーと一緒に過ごせるのは楽しかった。ジェニーとオリヴァーは一緒に木のぼりをしたり、手つかずの自然が残る庭園の一画を探検したりした。ジェニーは出会う鳥や小動物の名前をオリヴァーに教え、敷地を流れる小川で一緒に魚を釣り、池の鯉に餌をやった。時間があるときはオリヴァーを連れて屋敷の中をまわり、優雅な家具や絵画を一つ一つ見せて、昔の司祭の隠れ部屋や地下室にも案内した。ただ、屋敷の南端にある時計塔にだけは連れていかなかった。

「もう少し待ってね」ジェニーは説明した。「今年の春は時計塔のてっぺんにたくさんの椋鳥が巣を作っていたの。ようやく鳥たちがいなくなったから、掃除をしないと」そしてオリヴァーをなだめ、玄関ホールの奥にあるガラスケースにおさめられた先祖伝来の宝石を見に行った。

二日後、ふと気づくと昼食までに一時間ほど時間ができていた。ジェニーは箒と麻袋を用意し、庭に続くドアの裏にかけてある鍵を持って、小さなアーチ型のドアから時計塔へ入っていった。黴くさいことも薄暗いことも気にせずに狭い螺旋階段を上がり、踊り場まで来ると、二番目の鍵を使ってさらに小さいドアを開け、時計がおさめられている石壁の部屋に足を踏み入れた。

予想どおり、部屋一面に古い鳥の巣や羽根が散らかっていた。ジェニーはさっそく掃除を始めた。思ったより時間がかかり、後半は少し急がなくてはならなかった。ごみがいっぱいにつまった麻袋を引きずっていき、壁にもたせかけておいてドアを開ける。そこを通り抜けたとき、背後でドアがきしみながら閉まった。麻袋を引っぱり出すためにドアを押さえようとしたジェニーは、鍵を落としてしまった。そして鍵を拾うために身をかがめた瞬間、足のすぐ下の階段がゆっくりと崩れていき、螺旋階段のカーブの一部が視界から消えた。ジェニーは自分の目が信じられず、ふらつきながら階段のいちばん上に立ち尽くした。引き返すことはできない。たとえその勇気があっても、鍵は階段と一緒に落ちていってしまった。もちろん前に進むこともできない。

ジェニーは大きく息を吸いこみ、両側のざらざらした石をつかんで冷静に考えようとした。パニックを起こしてはいけない、そんなことをしたらもっと悲惨な事態になる。叫んでも役には立たない。ここは屋敷の端だから、声は誰にも届かないだろう。階段の崩落がいったんおさまれば、なんとか下りられるかもしれない。ジェニーはまだぼろぼろ落ちつづけている石の破片から目をそらし、ここに来ることを誰かに伝えてきたか思い出そうとした。だが結局、伝えてはこなかったという結論に達した。誰かに時計塔の話をしたような気もするけれど、誰に話したか思い出せないし、相手も覚えていないだろう。

　しかし、ジェニーは間違っていた。オリヴァーは時計塔の話を覚えていたのだ。ミス・クリードは、教授が来たときに世話をしてもらうために姪(めい)を呼んでくるようフローリーに命じたが、ジェニーの姿はどこにもなかった。しばらく前から屋敷の中でも庭でも誰も彼女を見ていなかった。オリヴァーはジェニーの居場所について話し合っている大人たちの中に割りこもうとしたが、誰も子供の訴えに耳を貸さなかった。到着した教授にジェニーがいないことを説明するのに忙しかったからだ。

「散歩にでも行ったんだろう」教授がそっけなく言った。「マーガレットに代わりを務めてもらったらどうです？」

　ミス・クリードは承知しなかった。「とんでもない！　マーガレットはなんの役にも立たないわ。ジェニーがいないなら、あなたは帰って。もちろん今日の診察料は請求しないでちょうだいね！」

　教授は笑みを押し隠し、それから自分の袖をそっと引っぱっているオリヴァーを見おろした。

「ジェニーがどこにいるか、僕、知ってるよ」オリヴァーが教授に言った。「時計塔のてっぺんを掃除しなくちゃならないって言ってたんだ。古い鳥の巣でいっぱいだからって」

　教授はしげしげと少年の顔を見た。「今日僕が来ることを、ジェニーは知っていたかい？」

「うん、知ってたよ。朝食のあとでまた髪を整えていたから、どうしてってきいたんだ。そうしたら、教授が来るからいかめしく見せたいのって言ってた」オリヴァーはそこで少し間を置き、尋ねた。「どうしてかな？」

教授は口元をゆがめてほほえんだ。「ぜひ彼女にきいてみよう。僕が行って、連れてくるよ」

そして、集まっている人々から離れ、屋敷の南側の時計塔に向かってのんびりと歩いていった。時計塔のドアは開いていた。教授は身をかがめて中に入り、急がずに階段をのぼりはじめた。

ドアがきしむ音とゆったりした足音が聞こえ、ジェニーはなんとか下を見た。目がくらむのが怖くて、今まで視線をずっと壁の一点に固定していたのだ。

「上がってこないで！」決して冷静とは言えない声で彼女は叫んだ。「階段が崩れているの」それでも足音がとまらないので、せっぱつまって再び叫んだ。「お願いだから、私の言うことを聞いて！」

「君の言うことは最初から聞こえているよ」教授は階段の最後のカーブを曲がって足をとめ、二人の間にできている瓦礫（がれき）の山をじっと見つめた。「だが、僕は思いやりのある男だから、たとえ君でもこんな苦境に放っておきたくはない。君が何を騒いでいるのか確かめるのが僕の義務だ」

ジェニーは泣きだしたい気持ちを必死に抑えた。「あなたがおもしろがってくれてうれしいわ」震える声で冷ややかに言った。「誰かを連れてきてもらえるとありがたいんだけど。フローリーならどうすればいいかわかるでしょう」

「ばかなことを言わないでくれ」教授が穏やかに諭した。「誰も連れてくる必要はない。君が飛びおりればいいだけだ」

「飛びおりる？」ジェニーは金切り声をあげた。「三メートル……いいえ、もっとあるわ。それに、いったいどこへ向かって飛びおりるというの？」

「僕に向かってだ」

教授は壁にもたれて立っていた。砕けた石が積み重なった上でバランスを取っていて、とても危険だ。誰かを支えるどころか、自分を支えているのもむずかしいだろう。「いやよ」ジェニーは言った。

「怖いのかい？」

「ええ、もちろん怖いわ。恐ろしくて足がすくんで、動けないほどよ。だからここにいるわ」

「それではいつまでたっても問題は解決しない。僕が三つ数えたら、飛びおりるんだ」

「いやよ！」

「意気地なしだな」教授がぶつぶつ言った。「誇り高い君のご先祖たちは草葉の陰で嘆いているだろう。さあ、飛ぶんだ、お嬢さん。僕は脚がつってしまいそうだよ」

「だからなおさら、私はここにいるべきなのよ」石をつかんでいた片手がすべり、ジェニーは恐怖のあまり息をのんだ。

「ほら、そうやって両手を同時に石から離せばいいんだ」教授の声にはからかうような響きがあった。「飛ぶんだ、ジェニー」

「あなたを倒してしまうわ」

教授が声をあげて笑った。「君は五十キロくらいか？　いや、もっと少ないだろう。僕は八十キロ以上ある」そして淡々と続けた。「伯母さんはずいぶんいらいらしていたよ。今ごろは激怒しているだろうな。それが伯母さんにとってどんなに悪いことか、君ならわかるはずだ」そこで唐突にほほえんだ。「さあ、ジェニー、たとえ僕の顔を見るのさえ耐えられないとしても、僕を信頼することはできるだろう」

考えてみると、そのとおりだった。ジェニーは目を閉じ、弱々しい声をもらして飛びおりた。

教授の体はがっしりとして固く、まるで木の幹に激突したように感じた。ジェニーの顔は彼のベストに当たり、体は彼の腕にしっかりと抱きとめられた。早鐘を打っている教授の心臓の音を耳の下に聞きながら、ジェニーはつぶやいた。「永遠にここから動けないわ」そのとき、階段がもう一段ゆっくりと崩れていった。

「ばかな。僕の言うとおりにすれば、あっという間にいちばん下まで下りられる。さあ、僕の首を締めている腕を少しゆるめてくれ」

彼の首にまわしていた腕をあわててはずしたジェニーは、バランスを崩して倒れそうになった。

「腕をはずすんじゃなくて、ゆるめてくれと言ったんだ」教授が穏やかに指摘した。「これからは正確に僕の言うとおりにしてくれ。反論はあとで聞こう」自分にまわされた彼の腕の力が弱まるのを感じ、ジェニーは小さく息をのんだ。すると教授が言った。

「ほら、先祖のことを思い出すんだ。僕が君の両腕をつかんで、いっきに三段下まで下ろす。たぶんこの下の二段は君の重さにも耐えられないだろう。君が一人で立てるようになるまで僕が支えている。そのあと僕が下りていくまでは、壁にしがみついていてくれ」

数秒間、教授のベストを握りしめてから、ジェニーは言った。「いいわ、下ろして」

ジェニーは自分の体がゆるやかな弧を描いて下ろされるのを感じた。

「壁をつかむんだ、左が先……今度は右だ。よくやった。さあ、放すぞ。すぐに僕もそこまで下りる」

教授はジェニーの隣に下りてきて、バランスを取りながら下の階段に慎重に足を置いた。

「大丈夫だ」彼女に片手を貸して促す。「まずこの段に足を下ろせ。だが、ぐずぐずせずにすぐに次の段に下りるんだ」

そのあとは簡単だった。二人で同時に同じ段に立たないように気をつけていればよかった。なんとかいちばん下まで下りきったとき、背後でゆっくりと階段が崩れ去る音が聞こえた。教授はドアを閉めて鍵をかけ、それをポケットに入れた。

「さあ、埃（ほこり）を払うからじっとしていてくれ」

ワンピースの埃を払ってもらう間、ジェニーはおとなしく立っていた。それから教授はハンカチを出してジェニーの顔をふき、最後に髪についた埃を払い落とした。それくらい自分でするべきだとわかっていたが、体が激しく震えていて無理だった。

教授がようやく手を下ろすと、ジェニーは弱々しい声で言った。「ありがとう。本当に感謝しているわ。私って本当に厄介者ね。しかも臆病者だわ」

教授はとてもやさしくほほえんだ。「もし臆病者なら、今も階段のいちばん上にいるはずだよ。伯母さんと顔を合わせられるかい？　それとも少し休んだほうがいいかな？」

「もう大丈夫よ、ありがとう。私が飛びおりたときに痛い思いをしなかった？」

「いや」たったひと言の返事だったが、まるで笑っているように聞こえた。「じゃあ、行こうか」

屋敷に入る二人を迎えたのはマーガレットだった。

「どこにいたの、ジェニー？　ベス伯母さまはかんかんよ。エデュアルトが来るとわかっていたのにどうしていなくなったりするの？」

エデュアルトですって！「ちょっと問題が起きて……ごめんなさい」ジェニーは教授から離れて化粧室へ向かった。「身なりを整えてくるわ。すぐに戻るから」

ジェニーが伯母の部屋へ行ったときにはもう教授が事情を説明していた。伯母はジェニーを見て即座に言った。「時計塔の階段の件は誰かに頼んでおいてちょうだい、ジャネット。新しくするか、修理するかしないと。あなたは大丈夫なの？」遅まきながら尋ねた。

「なんともないわ。ありがとう、伯母さま」

「まったく……エデュアルトに感謝しなくてはね」

ジェニーは彼のほうを見ずに言った。「ええ、感謝しているわ」

「クルーズのパンフレットを持ってきてちょうだい」伯母はジェニーに指示してから、教授のほうに向き直った。「なかなか快適そうな船よ。上甲板の客室を手配したの。それに、代理店に私の健康状態を詳しく知らせておいたわ」

「お忙しかったんですね」教授が皮肉めいた口調で言った。

「もちろんジェニーがすべて手配してくれたのよ。彼女はそういうことが得意だから。船には医師も看護師もいるようだけど、私には看護師は必要ないわ。ジェニーがいるもの」

「彼女はクイーン病院の仕事を辞めたんですか?」教授が穏やかに尋ねた。

「当然でしょう」伯母はいぶかしげに彼を見た。「私はもともと彼女が看護師として働くのに賛成ではなかったの。とくにイーストエンドのあんな病院で働くのは」

「ですが、もし彼女が看護師としての訓練を受けていなければ、あなたの世話はできませんでしたよ」

「それはまた別の話よ」伯母は尊大な口調で言った。「ジェニーもクルーズに行けば楽しい休暇を過ごせるはずだわ」

「それで、そのあとは?」

伯母は教授をじっと見つめた。彼も平然と見つめ返した。「わからないわ。たぶん結婚するんじゃないかしら。もうとっくにそうしていいころだもの」

そのあと、ジェニーはクイーン病院を辞めたことを悔やんでいる暇さえなかった。日ごとに元気を取り戻しつつある伯母にクルーズに関するさまざまな計画や手配を言いつけられ、毎日忙しかったからだ。

天気がよく、ふだんより見学者が多い日のことだった。お茶の時間になるころには、ジェニーは暑さのせいもあって疲れていた。教授と一緒に薔薇園をのんびり歩いているマーガレットを見ると、疲労が倍加した。マーガレットはこの地所のおかげで相当な手当を受け取っているのに、ここを維持していくための仕事を何一つしていない。それどころか、ここに滞在している間はどんな願いも聞き入れられると思っていて、ほかの人にどんなに迷惑がかかっても気にしない。オリヴァーのことも完全にほったらかしだ。

私が出かけている間、オリヴァーはどうやって過ごすのだろう？　丸木造りの椅子に優雅に座るマーガレットを見ながら、ジェニーは心配になった。見学者を迎える準備や雑用を何もしなくていいなら、このままディムワース・ハウスに滞在するとマーガレットは言っていた。それはつまり、家具や銀器を磨いたり、絵はがきや土産物を売ったりする私の仕事をほかの誰かにさせなくてはならないということだ。

もう一度、ジェニーはマーガレットと教授に目を向けた。疲れきったように椅子の背にもたれるマーガレットを、かたわらに立つ教授が眺めている。

「ばかばかしい」ジェニーはつぶやき、憤然とその場を離れて見学者のようすを見に行った。

玄関ホールを横切っていたとき、まるで急に床が割れて現れたかのように、いつのまにか教授が隣に立っていた。

ジェニーは興味深げに彼を見た。「ずいぶん敏捷ね。庭から走ってきたの？　どうして私がここにいるとわかったのかしら？」

「さっき僕たちを見ていただろう。そのあと足音高く立ち去ったから、あとを追ってどうして腹を立てたのかきいてみようと思ったんだ」

ジェニーは人形が飾られている部屋へ向かって歩きだした。「私は足音高く立ち去ってなんかいないし、腹を立ててもいないわ」部屋に入ると蝋人形のモスリンのスカートを直し、赤ん坊の人形を慎重に数センチ動かした。そして教授と目を合わせないようにしながら、一歩下がってまた見直した。

「休暇は楽しみかい？」教授が気さくに尋ねた。

「ええ……いいえ……本当は考える暇もなかったわ。しなくてはならないことがたくさんあったから」

「マーガレットが薔薇園をのんびり散歩している間にね」教授が静かな声で言った。

ジェニーは顔を赤らめ、硬い口調で応じた。「この屋敷はオリヴァーのもので、マーガレットはあの子の母親よ。ここにいる間、彼女が好きなように過ごすのは当然だわ。なぜそうしてはいけないの？」

「ああ、そのとおりだ。だが、君はいつでも自分のしたいことをしているようには見えない」

その言葉はとてもやさしげで、理解に満ちていて、気がつくとジェニーは言っていた。「ええ、そうね。でも、それはまた別の問題よ。ベス伯母さまは私が幼いころからずっと面倒を見てくれたの。そしてデイムワースはずっと私の我が家だった。マーガレットは私に出ていけと命じる資格があるのに、親切だからそうしないのよ」それに、あまりにも怠惰だから。ジェニーは心の中でそっとつけ加えた。

「ああ、彼女はそんなひどいことはしないだろう。それに、もし君がいなくなったら、代わりにその役目を果たしてくれる人を見つけなくてはならない。家具の埃を払ったり、食器を磨いたり、細かい雑用を片づけたり、見学者に目を光らせたり、オリヴァーの相手をしたりする人を……」

「私はそういうことが好きなのよ」ジェニーはぶっきらぼうに言った。

「君は前途有望なキャリアがあったそうだね。ドクター・トムズから聞いたよ」

「あなたには関係ないわ」ジェニーはつかつかと玄関ホールへ戻りはじめた。

「いや、関係あるかもしれない」

ジェニーはふいに足をとめ、教授を見た。彼はマーガレットのことを真剣に考えているの？　彼女と結婚するつもりなの？　だったら、オリヴァーにとってはいいことだわ。

「マーガレットはきれいでとてもやさしい女性よ。夫を亡くしてからずっと独りぼっちだったの」ジェニーは急いで言うと、教授の顔に浮かんだ表情も見ずに隣の部屋へ飛びこんだ。

それからクルーズに出発するまで、教授とはほとんど話をしなかった。旅行中の伯母の世話についてありふれた会話を交わしただけだ。彼がドクター・トムズの家にいつまで滞在しているのか、ジェニーは知りたくてたまらなかったが、きけなかった。

年代物のボクスホールの後部座席で伯母の隣に座り、ティルブリーの埠頭に着くまで、ジェニーは考えをめぐらしていた。この数週間、ほとんど毎日教授に会っていたのに、私は彼のことを何も知らない。独身で、住まいと仕事がオランダにあるということ以外は。ベス伯母さまは知っているのかしら？　でも、目を閉じて休んでいるのに尋ねるわけにもいかない。ジェニーは年老いた伯母の顔に愛情のこもったまなざしを向けた。伯母は気性が激しいけれど、魅力的な人だ。勇気があり、あんな大きな病気を経ても意志の強さは変わらない。ディムワース・ハウスに戻ったら、再び屋敷を立派に取り仕切るだろう。

船はそれほど大きくはなく、乗客は三百人ほどだった。設備は十分整っていて、船内は広々としている。上甲板にある、隣り合った二人の部屋には必要な家具が備わり、バスルームもついていた。ジェニーは伯母を部屋に落ち着かせてから客室乗務員を呼び、荷ほどきを頼んだあと、自分の部屋へ行った。まもなくそこにパーサーが現れ、伯母とジェニーには船長のテーブルに席が用意されていると伝え、このあと船医がようすを見に来ると告げた。そして、希望があればなんでも申しつけてほしいとつけ加えた。ジェニーは礼を言い、荷ほどきをすませたあと、髪を整え口紅をつけて再び伯母の部屋へ行った。パーサーの伝言を伝えると、伯母は満足げにうなずき、快適に過ごせそうだと言って紅茶を注文した。

二人が紅茶を飲みおえる前に、船は出航した。伯母の昼寝の準備を整えてから、ジェニーはデッキに出てみた。すると五分もたたないうちに男性たちに囲まれた。ジェニーはどの男性にも同じように親切に接し、一緒に何か飲もうとか、夕食のあとでダンスをしようとか、船内を探検しようとかという誘いをにこやかに断った。そのあと、ディムワース・ハウスにメッセージを送るために無線室へ向かった。船が出港したら知らせるとオリヴァーに約束したのだ。別れのキスをしたとき、オリヴァーがどんなに悲しそうな顔をしていたかが思い出された。

あの子をなんとかしてあげないと。もちろん教授がマーガレットと結婚するなら、オリヴァーにとってすばらしいことだ。でも、二人が結婚しなかったら? 学校に入るまでの数年間、オリヴァーは寂しく過ごすことになる。スコットランドの祖父母はいい人たちだが、孫の相手ができる年齢ではないし、マーガレットは息子にまったく関心がない。

メッセージを送ると、ジェニーは自分の部屋に戻った。最初の夜の食事は部屋でとることになっている。そうすれば、車での長距離の移動で疲れている伯母が早くベッドに入れるからだ。

夕食を終え、伯母の寝る準備を手伝い、夜の間に必要になりそうなものがそろっているかどうか確かめてから自分の部屋に戻ると、九時だった。まだ早いからデッキに出たかったが、夜の誘いはすべて断ってしまった。ジェニーはのろのろと服を脱ぎ、ベッドに入って本を開いた。しかし、ページをめくっても何も頭に入らなかった。教授にさよならを言わなかったことが気になって、少しも集中できない。彼女はまもなく本を投げ出し、明かりを消した。結局のところ、教授は会おうと思えば私に会えたはずよ。なのに、そうしなかった。でも、そんなささいなことにくよくよして、このクルーズをだいなしにするつもりはないわ。

　ジェニーは伯母の気まぐれに付き合ってデッキでのゲームに参加したり、毎晩違う相手とダンスをしたり、暖かい日差しの下で日光浴を楽しんだりした。スロットマシンも体験した。伯母は昼食と夕食は船長のテーブルにつき、食事の前にはバーの特別席に座って、選ばれた一部の人々と飲み物を飲んだ。だが、夜は早く部屋に戻り、朝食はベッドでとった。そのうえ午後に昼寝をするときは本を読んでもらいたがったので、ジェニーはほとんど自分の時間がなかった。けれども、文句は言わなかった。クルーズに来たのは伯母の健康回復のためなのだから、その目的が何より優先されるべきだと思った。

　それでも、気がつくとマデイラ島に着くのを楽しみにしていた。伯母は船を降りないと言っているけれど、私は降りることもできる。ランサローテ島に向けて再び出航する前、朝の一時間くらいなら。

　早朝に埠頭に到着すると、ジェニーはフンシャルの町をひと目見ようとデッキへ行った。海辺に白い家が並び、背後に山がそびえている。朝の光を浴びたその光景は美しかった。ジェニーは首を伸ばして、あらゆる方向を眺めた。それから部屋に戻って紅茶を飲み、伯母のようすを見に行った。伯母はよく眠れたと言ったが、船を降りる気にはなっていなかった。

「でも、あなたは買い物でもしていらっしゃい。ここは刺繍品がすばらしいの。マーガレットとミセス・ソープにも何か買ってきてちょうだい」伯母はトレイをわきに押しやった。「便箋を用意してもらえる？　そうしたら、もう行っていいわ。朝食をすませてから町を見ていらっしゃい」

ジェニーは食堂へ行って朝食をとり、現地の通貨を数えてから船を降りようとした。一緒に町を歩こうという男性たちの誘いはなんとか断ったが、土壇場でトビーから海底電信がきて、引きとめられた。まだ決心は変わらないかと尋ねてきたのだ。ジェニーは衝動的に伯母の部屋に戻り、本音をぶちまけると、電信を破って屑箱に投げ入れた。

伯母はきつい声で言った。「あなたはばかよ、ジャネット。誰が見てもすばらしい結婚なのに」

「私以外の人にとってはね」ジェニーは嘲るように言った。

「まったく！　あなたは自分の望むものがわかっていないんだわ」伯母が強い口調で言い返した。

そのあとジェニーはふらふらと舷門を抜け、波止場に立っていた一等航海士にほほえみかけて、せわしなく行き交う車や人の間を歩きだした。ブルーのコットンのワンピースを着て、大きな麦藁帽子をかぶった彼女は、洗練されていてとても美しかった。

確かに私は自分の望むものがわかっていないかもしれない。でも少なくとも、望まないものはわかっている。ジェニーは歩きつづけ、埠頭を離れて町へ向かった。もうすでに暑いし、とくに何をするか決めてもいない。買い物をして、カフェで冷たい飲み物でも飲むつもりだった。

5

五分ほど歩いたところで、ジェニーはゆっくりとこちらに向かってくる教授に気づいた。コットンのシャツと薄手のズボンというこざっぱりとしたいでたちだ。急に立ちどまったせいで自分の足につまずきそうになりながら、ジェニーは喜びがわきあがるのを感じた。二人とも相手が好きではないことを考えると妙な話だけれど。

「おはよう、ジェニー・レン」教授の声は親しげで落ち着いていて、驚きの響きはなかった。

「いったいどうやってここへ来たの？」ジェニーは声を張りあげた。

教授は自家用機で来たことを話すのはやめておいた。「手段はいくらでもある」軽い口調で言った。

「まあ……休暇なの？」ジェニーは続けて尋ねた。

「それは……ああ、そう言ってもいいだろう。伯母さんは船にいるのかい？」

「ええ。手紙を書いているわ」

「伯母さんを診る間、一緒にいてもらってかまわないかな？」教授はジェニーの腕を取って向きを変えさせ、返事も待たずに波止場のほうへ戻りはじめた。

「伯母が心配なわけではないんでしょう？」ジェニーは急いで尋ねた。

「また以前のような問題が起きると思っているのかという意味なら、そうじゃない」それから教授は船に着くまでとりとめのない話を続けた。

一等航海士の前を通ったとき、ジェニーは説明した。「伯母を診てくれているお医者さまなの」

航海士に声が聞こえないところまで来ると、教授がやんわりと言った。「僕は外科医だ。君は看護師なんだから、ただの医者と外科医の違いは知っているだろう」

「ええ、もちろん知っているわ」ジェニーは少しいらだった。「どうしてそんなささいなことで騒ぎたてるのかしら」

教授は首を締められたような声を出した。「その二つの間には重要な違いがあって――」穏やかに説明しかけたが、ジェニーにさえぎられた。

「もうそんな堅苦しい話はやめて！」

二人はすでに上甲板まで来ていて、ジェニーは伯母の部屋のドアをノックしてから振り返った。

教授は〝急襲〟という言葉がぴったりのすばやさで、ジェニーに熱く巧みなキスをした。「堅苦しいだって？」なめらかな口調で尋ねると、伯母の〝どうぞ〟という声を聞いてドアを開けた。

ジェニーは教授の前を通り過ぎて部屋に入った。頬はうっすらピンクに染まり、顎はかすかに上がり、瞳は明るく輝いていた。

机から顔を上げて姪を見た伯母が、辛辣に言った。

「まるで喧嘩でもしていたように見えるわよ、ジャネット。あるいはキスでもしていたように。どちらを……」そこでドア口に立つ教授に気づき、言葉を切った。「ああ、あなたね」驚いてはいないようだ。

「あなたも休暇中なの、エデュアルト？」口調はそっけないが、顔はほほえんでいる。

教授がかすかに口元をゆがめた。「ほんの一日か二日ですよ。お二人の船が今日ここに寄るとわかっていたので、訪ねてみようと思ったんです」

「ふん、診察して、あとから請求書を送りつけるつもりね」

「診察はしますが、お互い休暇中なんですから、料金を請求するつもりはありませんよ」

伯母は抜け目なくその申し出を受け入れた。「あなたは思ったより分別があるようね。もちろん診察してくれていいわ。今すぐかしら？」

「差しつかえなければ」

伯母はさっさと本を置いた。「手伝ってちょうだい、ジェニー」それから教授のほうに向き直った。「聴診器はどこにあるの？」

「必要ないでしょう。脈を取り、手術の跡をちょっと見せてもらって、一つ二つ質問するだけです」

すると伯母は、ジェニーに向かって横柄に手を振った。「だったらあなたは必要ないわ、ジェニー。お茶でも飲みに行ってらっしゃい」

ジェニーはその場から動かず、冷ややかに尋ねた。「私は必要ないかしら、ファン・ドラーク教授？」

教授がちらりと彼女を見た。「今はね」

「昼食までには戻ってきてね」伯母は念を押したが、それ以上は何も言わなかったので、ジェニーは部屋を出た。

どういうわけか朝の楽しい気分は消えてしまっていた。ジェニーは町へ向かってゆっくりと歩きだした。当てもなくぶらぶらと店を見てまわり、カフェの屋外テーブルで冷たい飲み物を飲み、また歩いた。もう少し時間をつぶさなくてはならないけれど、店に入って買い物をするのも気が進まない。

それより、どことなく怪しげな細いわき道に興味をそそられた。わき道は町の中心から離れ、遠くにそびえる山のほうへ向かって伸びている。ジェニーはわき道の一つに入った。だが、十歩も行かないうちに教授の大きな手にしっかりと肩をつかまれた。飛びあがるほど驚き、彼女はぱっと振り向いた。

「そこまでだ、お嬢さん」教授が言った。

「脅かさないで！」ジェニーはいらだって言い返した。「そんなふうにうしろから忍び寄ってくるなんて……」

「忍び寄ってはいない。僕はただ、このあたりは若い女性が楽しめる場所ではないと注意するためにあとを追ってきただけだ」

「じゃあ、誰が楽しめる場所なの？」

教授が愉快そうにジェニーを見おろした。「男性専用だとでも言っておこうか」

ジェニーは冷ややかに彼を見た。「それが本当かどうか、知りようがないわ」不意をつかれて不利な立場に立たされ、喧嘩を吹っかけたい気分だった。

教授がジェニーの肩から手を下ろし、今度は肘をつかんだ。気がつくと彼女は来た道を戻っていた。

「私はぜったい危ない目になんかあわなかったわ」ジェニーは不満げな顔で抗議した。

教授が足をとめて彼女を見おろした。「その顔とその髪で？」かぶりを振る。「何か飲みに行こう」

「さっき飲んだわ」

「この暑さだ、たくさん飲んだほうがいい」教授はジェニーをさっさとカフェの屋外テーブルへ連れていき、椅子を引いた。「さあ、座って怒りをしずめてくれ。冷たい飲み物を飲んで、いきりたった感情を落ち着かせるんだ。何がいいかな？　サングリアは試してみたかい？」

「いいえ。さっきはソフトドリンクを飲んだわ」

「だったらぜひ試してくれ」飲み物を注文したあと、教授は打ちとけた口調で言った。「こういうちょっとした時間を持つのは楽しいものだな」

ジェニーは知らん顔をしていた。自分も同じように感じているのを認めて、教授を満足させたくなかった。「ベス伯母さまの具合はどうだった？　よくなっているんでしょう？」

飲み物が来るのを待ってから、教授は言った。

「伯母さんは驚くほどよくなっているよ。もちろん百パーセント元に戻るわけではないが、少し気をつければ、以前とほとんど変わらない生活ができるだろう。パイプを吸ってもかまわないかい？」

ジェニーはうなずき、教授がパイプをつめるのを見ていた。

火がつくと、彼は言った。「君が仕事に戻るにはいい機会だと思うが？」

ジェニーはかぶりを振った。「当分は無理でしょうね。ディムワース・ハウスは大きな屋敷だから、取り仕切るのが大変なの。でも、ベス伯母さまが本当に元気になったら、また仕事をさがすと思うわ」

「看護師の仕事を続けたいのかい？」

ジェニーはサングリアをひと口飲んだ。とてもおいしい。「そうね……病院で働けば、自立していられるから」

「ディムワース・ハウスにいたら、世間一般のルールに従わなくてはならない？」

ジェニーは教授が好きではないことを忘れていた。彼が傲慢で無愛想で、自分を嘲笑っていることも。悩みを口に出すと心が軽くなるものだし、彼は話しやすかった。「ええ」

「そしていつのまにか年を取り、最後にはハイミスになってしまう？　僕はそうは思わないが」

「ええ、違うわ……実は、ベス伯母さまは私を結婚させたがっていて……」

「その話は聞いたよ。トビーという男性だね。夫にふさわしい人物のようだが」

「ええ、でも、私は彼と結婚したくないの」そんなつもりもないのに、哀れっぽい声が出ていた。

「ここは自由な世界だ、ジェニー。それに君の人生は君のものだろう。その立派な若者とは手を切れ」

「もう何年もそうしようとしてきたわ。でも、彼はとても……いい人なの。私にはいい人すぎるのよ」

「君はいい人とは結婚したくないのかい？」教授の声は笑っているようだった。

「揚げ足を取らないで」ジェニーは言い返した。

「私の言いたいことはわかるでしょう。彼は……その、別にあなたに言う必要もないことだけど、なんでも私の好きなようにさせてくれるのよ」

教授は静かにパイプを吹かし、自分が吐き出した優雅な煙の輪をじっと見つめた。「なるほど。そして君は賢いから、それが自分のためにならないとわかっているんだね」

「私は決して……」ジェニーは言いかけてやめた。「彼は本当にいい人なの、さっきも言ったけど」そして、意地悪く付け加えた。「それに若いわ」

教授は表情一つ変えずに小さなテーブルの向こうからジェニーを見ていた。「君が彼と結婚するべきではない理由がもう一つある」まるで裁判官のような口調で彼は言った。「結局のところ、君たちはお似合いなんだろう。君は一生いばり散らし、彼はもっともっといい人になる。どんな子供が育つか考えると、恐ろしいな」

ジェニーは喉がつまった。「いばり散らすですって！」声を張りあげ、残りのサングリアをごくりと飲む。この腹立たしい男性の前から一刻も早く立ち去りたかった。「私はいばり散らしたりしないわ。それに、子供たちはきっととてもいい子で……」

教授がうなずいた。「父親がまともならね」

ジェニーは飲みほしたサングリアにむせ、教授に背中をたたいてもらわなくてはならなかった。目に涙がたまり、顔が紫色になった。

「そんなに興奮したらだめだ」教授が親切に忠告した。「それに、そんなに勢いよく飲み物を飲んではいけないよ」

ジェニーは呼吸を整え、ゆっくりと息を吐き出した。「憎らしい人ね。私は興奮したりしないわ、あなたがわざといらだたせない限りは」

「なあ、ミス・レン、僕は誰よりも温厚で――」

「よく言うわ。あなたはひどく気むずかしくて、私をいらだたせようと固く心に決めているのよ」

教授の驚いた顔は傑作だった。「僕が？　君をいらだたせる？　だが、気むずかしいのは認めよう。誰にでも欠点はあるものだ」彼は穏やかに言った。「もう一杯サングリアをどうだい？」

ジェニーはつんとして答えた。「いただくわ、ありがとう」

教授はにっこりした。「仲直りかい？」そして、ジェニーの返事も待たずに次から次へととりとめのない世間話を続けた。ほとんどあいづちを打つ必要さえない話だったが、たとえ口をはさみたいと思っても、その隙はなかった。しばらくして彼はふいに話をやめた。「そろそろ昼食の時間だな。船まで送るよ」

二人はタクシーで船まで戻った。タラップの下で教授が気さくにさよならを言うと、ジェニーはどういうわけか腹が立った。

あまり食欲はなかったが昼食をとり、そのあと伯母が少し疲れているようだったので、昼寝をさせた。伯母がまどろみはじめると、ジェニーは自分の部屋に戻り、持ってきた服を整理した。まだ着ていないおしゃれな服が何着かあるが、たいして興味もわかずぼんやりと眺めていた。別に古い服でもかまわないわ、私が何を着ているかなんて誰も気にしていないんだから。だが最後には、やはりできるだけすてきに見えるように努力しようと決め、夕食のためにグリーンのシフォンのワンピースに着替えた。そのワンピースは、ハンガーにかかっているときはなんの変哲もないが、ひとたび袖を通すと驚くほど人目を引く。とくに、赤毛の女性が着ると。

伯母は昼寝のおかげで元気になり、客室乗務員の手を借りて着替えていた。プラム色のシルクのワンピースはとてもしゃれていて、首から下げた何本もの金のチェーンがアクセントになっている。ジェニーが入っていくと、伯母はそのチェーンの中から古風な金縁の眼鏡を取りあげ、姪をじっと見つめた。

「とてもすてきよ」きっぱりと言った。「何か飲みに行きましょう」

「トニックウォーターよ、伯母さま」ジェニーは念を押してから、伯母をエレベーターへ促した。

バーは人があふれていた。今ではほとんどの乗客が顔見知りで、ジェニーは彼らにほほえんだり、うなずいたりしながら、暗黙の了解でいつも伯母のために空けられている席へ向かった。だが、今夜はそこに人がいた。白いディナージャケットと黒いボウタイという優雅ないでたちの教授だ。彼は立ちあがって二人に近づいてくると、伯母の手を取って挨拶し、ジェニーにはほほえみかけた。

「勝手ながら、お二人のいつもの飲み物を注文しておきました」

教授は伯母を席に座らせ、それからジェニーのために椅子を引いた。彼が伯母と自分の間に座ってからようやく、ジェニーは声が出せるようになった。

「あなたもこの船で旅をしているの？」

教授はかすかに嘲るような笑みを浮かべ、そっけなく言った。「忘れているね、僕も休暇中なんだ」

ジェニーは引きさがらなかった。「ええ、でも、今朝は……」

「何も話した覚えはないな」教授はジェニーをそっけなくあしらい、伯母のほうに向き直っておしゃべりを始めた。

ジェニーは腹を立て、彼の横顔をまじまじと見た。なんて傲慢で失礼な人かしら。本心はともかく、うわべだけは礼儀正しくふるまってもいいのに！　そして愚かにも、ピムス・ナンバーワンをほとんどいっきに飲みほした。

すると、教授が身を乗り出して彼女の手からグラスを取りあげ、まるで親戚のおじさんのような口ぶりで言った。「そんなに勢いよく飲んではいけないと警告したはずだよ、ジェニー」

ジェニーは彼をにらみつけた。即座に言い返すことはできなかったが、いずれにせよ、伯母が話を始めたので、誰もあいづち以外の言葉を口にすることはできなかった。

夕食では教授も船長のテーブルについた。しかも向かい合わせに座ったせいで、ジェニーは顔を上げるたびに教授が自分を見ているのに気づくはめになった。それでも、そんな教授を意識しつつ、右隣に座った海運業に携わっているという年配の男性と楽しげに会話をした。しばらくして、今度は左側に座っている有名な記者に注意を向けた。愛想がよすぎるその記者にずっと距離を置いていたのだが、教授が嘲笑うように口元をゆがめているのに気づき、彼と軽薄なおしゃべりに興じることにした。しかし、いくらもたたないうちに後悔した。気を許すと彼は際限なくつけあがるタイプだということがわかったからだ。そのうえ教授のさげすむような視線も痛いほど感じる。自分が借りた車でランサローテ島を観光しようという記者の誘いをなんとか丁重に断ろうとしていたとき、教授が助け船を出した。

「すばらしい計画だな」彼はテーブル越しに言った。「だが、君は伯母さんが新たに受けることになった治療に付き添わなくてはならないことを忘れているんじゃないか?」

ジェニーは感謝の気持ちでいっぱいで、驚きを顔に出す暇もなかった。「そうだったわね、忘れていたわ。思い出させてくれてありがとう、ファン・ドラーク教授」いかにも残念そうな口調を装い、ジェニーは言った。

夕食を終えると伯母はすぐに部屋に戻りたがったので、ジェニーも付き添った。まだ早い時間だし、ダンスは夜更けまで続くだろう。だが、のんびり着替えたあとで伯母は言った。「本を読んでほしいわ、ジェニー。あなたの声はきれいだから、心が落ち着くの。『ガーディアン』の社説がいいわ」

だからジェニーは社説を読んだ。しかし、二時間読んだあとも、伯母は自分が眠るまでそばにいてくれと言い張った。ようやく伯母が眠りに落ちたころにはジェニーは疲れ果て、ダンスどころかラウンジにいる船長や仲間たちに加わる元気もなかった。

翌日の昼まで、教授には会わなかった。昼食に現れた教授は同じテーブルの人々に挨拶すると、そのあとはずっと伯母の相手をしていた。昼食後、昼寝をする伯母を部屋まで送るときになってようやく、ジェニーは教授に尋ねることができた。

「伯母はどんな治療を受けるの？」

二人についてきていた教授は陽気に片手を振った。

「作り話だよ、ジェニー。ゆうべ君は身動きが取れなくなっていただろう？　あんな窮地に陥った女性を放っておける男はいないよ」

教授は女性たちのために船室のドアを開けた。ジェニーは伯母のあとから無言で彼の前を通り過ぎた。

「恩知らずな女性だな」教授がつぶやき、静かにドアを閉めた。

そのドアが完全に閉まりきる前に、伯母が叫んだ。

「スカーフ……スカーフをレストランに置いてきてしまったわ！」

「今は必要ないでしょう」ジェニーは伯母をなだめた。「あとで取ってくるわ」

「今、必要なの。取ってきてくれるまで昼寝はしないわ」

ジェニーはため息をつき、ぶつぶつ言いながらレストランへ向かった。すると廊下の突き当たりに、教授が行く手をふさぐようにして壁にもたれていた。

「ずいぶん早く仕事をすませてきたね」

ジェニーは不愉快そうに彼を見た。「まだよ。伯母がレストランにスカーフを忘れてきて、すぐに取ってこいと言うの」

「いらいらしているみたいだな。太陽のように明るい君はどこへ行ったんだい、ジェニー・レン？　ぶっきらぼうで、助けてあげたことに礼も言わないなんて」

ジェニーはなんとか彼のわきをすり抜けようとした。「それは、時間がなかったから……」

「僕への感謝の気持ちを表す時間がかい？　だが、これなら時間はかからない」

ジェニーが身をかわす前に、教授は彼女にしっかりとキスをし、それから何も言わずにわきにどいた。おかげでジェニーは大混乱に陥った。

レストランに戻ると、必要以上にぐずぐずしていた。そうすれば、部屋に戻るころには教授はいなくなっているだろうと思ったからだ。ところが、予想どおり彼がいなくなっていると、今度は腹が立った。

船は遅れてマデイラ島を出たが、今や目の前にはランサローテ島がはっきりと見えた。伯母の部屋に戻る途中、ジェニーは焦がれるように、そびえる山を見つめた。たぶん船を降りるのは無理だろう。夕方には再び出航してしまうのだから。午後は観光バスも出るが、伯母は一人で待つのをいやがるに違いない。ジェニーは部屋に戻って伯母にスカーフを渡し、床に落ちているものを拾って片づけた。

再び部屋を出ていこうとしてドアの前まで行ったとき、伯母が言った。「この島には興味深い名所がたくさんあるそうよ。エデュアルトが午後あなたをドライブに連れていきたいと言うから、喜ぶだろうと答えておいたわ」

「私は子供じゃないのよ、伯母さま。誘いを受けるかどうかは自分で決めるわ。それに、教授は私には何も言わなかったし。いずれにせよ、教授とは行きたくないわ。バスに乗るほうがずっといいもの」

「バスは問題外よ、ジャネット。エデュアルトの話では、暑くて狭苦しくて、途中で故障するかもしれないんですって。でも、行きたくないなら自分で彼に伝えてきなさい。今ならデッキにいるでしょう」

本当は乱暴にドアを閉めたかったが、ジェニーはうしろ手に静かに閉めた。伯母が親切心から教授の誘いを受けたのはわかっている。でも、なぜ干渉せずにいられないのだろう？　ジェニーはゆっくりとデッキに出た。近づいてくるプエルト・デ・ロス・マルモレスの美しい町を見ている乗客でデッキはいっぱいだ。その中に教授もいた。ジェニーは彼に近づいていきながら、どうしたらほかの人に聞かれないように誘いを断れるかと考えていた。だが、教授はジェニーに気づくと一緒にいた人々からそつなく離れ、彼女の腕をつかんでさっさと歩きだした。

「車を借りてあるんだ」彼はこともなげに言った。「島をひとまわりすると、二、三時間はかかる」

「私は行きたく……」ジェニーは口を開きかけ、言い直した。「あの、ご親切はとてもうれしいんだけど、伯母が――」

教授は最後まで言わせなかった。「君が島に降りたがっていると、伯母さんは言っていたよ。自分は部屋で休んでいたいそうだ。ほら、船員が船を係留しはじめた。君は帽子か何か取ってきたほうがいいだろう。僕はここで待っているよ」

反論しても無駄だとジェニーは悟った。何か言い訳を考えついたとしても、教授は耳を貸さないだろう。

船室に戻って白いコットンのサンドレスに似合うスカーフをさがしながら、やはりここにいようかと思ったが、すぐに思い直した。せっかく島を見てまわれる機会なのに、こんなところに一人でじっと座ってすばらしい午後を無駄にするのはばかげている。ジェニーはスカーフを頭に巻いて口紅をつけ直し、デッキへ戻った。

古い小さなシトロエンに乗りこむと、教授は町でぐずぐずせずにさっそく島の北側にそびえる山をめざした。道は狭いが、きちんと舗装されている。教授はこの島に詳しいらしく、ジェニーが興味を持ちそうなものがあるたびに指さして教えてくれた。流血樹、以前この島で映画を撮ったオマー・シャリフが建てた家、かつて人が住んでいた洞窟……。

そのうち車はのぼり坂に入った。両側は山に囲まれ、海はときおりちらりと見えるだけだ。テガイスまで行くと、景色ががらりと変わった。テガイスは広場に古いスペイン風の教会が立つさびれた町だった。二人はそこではとまらず、あちこちに残る冷え固まった溶岩の間を抜け、北部の海岸へ向かった。途中、ハリア村を通ったときだけ、教授は少しスピードを落とした。白い壁と赤い屋根の家は椰子(やし)の木とサボテンに囲まれ、庭には色とりどりの植物が茂っていた。

「すてきだったわね」首を伸ばし、美しい小さな村を最後にひと目見てから、ジェニーは言った。

「これから見る景色はもっとすてきだよ」

その言葉どおり、北部の海岸と険しい山の頂上の眺めはすばらしかった。頂上までたどり着くと、教授は開けた場所に車をとめてジェニーを降ろし、まわりを取り囲む溶岩の壁にはめこまれたドアを抜けた。その先は洞窟に続いている。洞窟はレストランに改築されていたが、教授はテーブルや椅子には見向きもせず、突き当たりの巨大なガラス窓の前へ彼女を連れていった。そこからの眺めに、ジェニーは感嘆した。眼下の海まで続く切り立った斜面、わずかに海をはさんで本土と隔てられた大きな島、その島にある唯一の村がちょうど正面に見える。

「電気もガスも電話も店もない、小さな漁村だ」教授が説明した。「静かな楽園だよ。一人になりたいときには格好の場所だ。さあ、何か飲もう」

ジェニーは紅茶を頼んだ。ティーバッグでいれた紅茶でミルクもなかったが、とてもおいしかった。教授はコーヒーを飲みながら、この土地について雑多な知識を披露して楽しませてくれた。

「ずいぶん詳しいのね」ジェニーは言った。「前にも来たことがあるの?」

「二度……いや、三度ある。寒いオランダから来ると、気分ががらりと変わっていいんだ」

教授の故郷について知るチャンスだと、ジェニーは思った。「あなたが住んでいるのはオランダの中でも寒い地域なの?」

「冬はね。紅茶を飲みおわったのなら、行こうか」教授は腕時計に目をやった。「今度は海沿いの道を走るよ」

ジェニーは内心ほっとした。山はあまり好きではない。平地にいるほうが安心できる。だが、海沿いに着くまでには時間がかかり、しかも下り坂は身の毛のよだつようなカーブが続いた。教授が控えめなスピードで車を走らせていたなら、それほど恐ろしくもなかっただろう。だが、彼にとっては山道を走るのも平地を走るのもたいした違いはないらしく、かなりのスピードを出していた。

ようやく眼下に平坦な道が見えてくると、教授はちらりとジェニーを見て軽い口調で言った。「緊張しているのかい? そんな必要はないよ。僕は車の運転には慣れているし、この道はよく知っている。顔が真っ青じゃないか。イギリス人らしい冷静さはどこへ行ったんだい、ジェニー?」

「おかげさまで、まだちゃんと持っているわ。それでも怖いし、だから顔は真っ青になっているでしょうね。だけど、怖がっているところを見せてあなたを満足させてあげる気はないわ。それで鼻持ちならないあなたのユーモアのセンスが満たされるなら、好きなだけ速く走ったら?」

教授は声をあげて笑い、すぐに車のスピードを落とした。「君は僕が好きじゃないんだろう？　最初に会ったときから」

　あのときの彼の態度がどんなに冷淡だったか、ジェニーは思い出した。「あなたは横柄だったわ」

「そんなことはない。だが、人は、自分が好きではない相手のことは悪く考えたがるものだ。さあ、最後のカーブだよ」

　そして車は海に近い道路に出た。砂浜と岩壁の間を通る道で、駱駝が小さな驢馬と一緒に砂の上を歩いていた。教授はジェニーが駱駝をよく見られるように車をとめてくれた。そのあとまもなく町に着き、車は狭い通りをぬうように進んだ。通りは絵のように美しかったが、ほんのときおり人々の貧しい生活が垣間見え、はっとさせられた。車は再び町を離れて埠頭へ向かった。教授は舷門の前に車をとめると、ジェニーを先に降ろした。彼女は波止場に立つ小さな土産物屋へとのんびり歩いていった。何も買うつもりはなかったが、店主があまりにも熱心なので、絵はがきと井草のマットと刺繍入りの布巾を買った。そこへ、車を返した教授がやってきた。彼は土産物の代金を払い、買い物はもう終わりだとジェニーに告げてさっさと船へ向かった。

「君は情にもろすぎる」教授が手厳しく言った。

　ジェニーは船の乗降口のロビーで足をとめ、冷ややかに言った。「ドライブに連れ出してくれてありがとう。今いくら払ったか教えてくれれば、あとで返すわ」彼に対して急に腹が立った。「それに私は情にもろくなんかないわ。どうして貧しい人を助けてはいけないの？　数ペセタ手に入るかどうかで、彼らは今日の夕食に肉を食べられるかどうか決まるのよ」彼女は教授をにらみつけた。「あなたはわからないのよ、自分が何もかも手に入れているから……」

　教授は長いこと考えこむようにジェニーを見てい

たが、やがて無言のまま踵を返し、立ち去った。

ジェニーは伯母の船室に戻るしかなかった。ジェニーを見ると、伯母はきびきびと言った。「長い時間出かけていたのに、あまり機嫌がよくないみたいね」その言葉を聞いてジェニーはいっそういらだったが、幸い伯母はかまわず話しつづけたので、何も言わずにすんだ。「着替えるのを手伝って、ジェニー。一時間くらいデッキに出ましょう」

デッキに出ると、伯母は自分専用の椅子に横になり、ジェニーが気が進まなそうにドライブの話をするのを聞いていた。

だが、やがてあくびをして言った。「あまりおもしろくなかったようね。私は本を読むから、あなたも好きなことをしていいわ」

追い払われたジェニーは、顔見知りの数人の乗客と一緒にシャッフルボードを見に行き、そのあとプールのそばのバーへ行った。夕方になるといつもそこに若者たちが集まるのだ。ジェニーは飲み物を飲みながら、教授をさがしているわけではないと自分に言い訳した。彼の姿は見えない。まるで煙のように消えてしまった。あんな大柄な男性では考えられないことだけれど。それでも、部屋に戻ると、夕食のために念入りに身支度をした。赤褐色の髪を高い位置で結い、特別な機会のために取っておいたピンクのシフォンのワンピースを身につけた。クローゼットにつるしておくより着たほうがいいからと自分に言い聞かせて。

ジェニーがバーのいつもの席にようやく伯母を落ち着かせたころ、教授が飲み物を持った乗務員を連れて現れた。彼は伯母にやさしく言葉をかけたのに、ジェニーにはおざなりに挨拶しただけだった。

ジェニーは腹を立て、衝動的に言った。「あら、こんばんは。姿が見えなかったから、てっきり海に飛びこんだのかと思ったわ」その瞬間、舌を噛みたくなった。教授の顔に愉快そうなからかいの表情が浮かんだからだ。

「僕がいなくて寂しかったのかい？」彼は厚かましくも尋ねた。

「いいえ」それだけでは足りない気がして、ジェニーは付け加えた。「たまたまあなたがいないことに気づいただけよ」グラスを手に取ったが、すぐにテーブルに戻した。またむせて、彼に恩着せがましく背中をたたかれるのはごめんだと思った。

「飲み物が気に入らないのかい？」教授が気遣わしげに尋ねた。「だったら別のものを頼もう」

ジェニーは再びグラスをつかんだ。「これでいいわ、ありがとう」そして、慎重にひと口飲んだ。そのあと伯母がいつものように会話の主導権を握ったので、ほっとした。

夕食の席へ移動する途中、教授はジェニーを巧みに伯母から引き離し、そっとささやいた。「今夜の君はとても美しい。それにとても不機嫌だ。船酔いでもしたのかい？」

ジェニーは激しい口調で言い返した。「私は不機嫌じゃないし、船酔いしてもいないわ」

「それならミス・クリードも、夕食のあとで君が軽い運動をするのを許してくれるだろう。ダンスだ」

ジェニーは断ろうと口を開きかけたが、地獄耳の伯母がきっぱりと言った。「それは名案ね。私も見物するわ」

教授はとてもダンスが上手だったが、ジェニーにまわした腕は少しよそよそしかった。まるで親切な男性が年配の親戚の機嫌を取るために踊っているかのようだ。そのことにいらだったジェニーは、ゆったりしたホックストロットからもっとテンポの速い今どきの曲に変わると意地の悪い喜びを覚えた。きっと教授はどうしていいかわからないに違いないわ……。

だが、そうではなかった。教授はほかのどの男性よりも上手に踊った。ジェニーと同じように軽やかに体を揺らし、しなやかにまわった。何百回も踊ったことがあるかのように自然な動きで。

二人が席に戻ると、伯母は船長との会話を中断して言った。「私が今の半分の年齢だったら、そんなふうにくるくるまわって楽しむのに」そして二人を追い払うように手を振った。「もう一度踊っていらっしゃい。私はまだベッドに入る気分じゃないわ」

その晩、ジェニーは眠りに落ちる前に今夜のことを思い返し、もし教授にテネリフェ島をドライブしようと誘われたら、イエスと言おうと心に決めた。ラス・パルマスでも誘われるかもしれない。目を閉じてまどろみながら、いろいろあってもやはりクルーズはとても楽しいと思った。明日は早朝にテネリフェ島に着くから、早起きしよう。

6

翌日、ジェニーは伯母の船室で朝食をとった。最初のバスで出かける観光客たちはもう船を降りはじめている。教授の姿は見えない。船内を隅から隅まで歩いてみたが、見つからなかった。そんなことをしている自分に腹を立てながらも、そうせずにいられなかったのだ。でも、もう乗客のほとんどが船を降りたから、彼のほうが私たちをさがし出すだろう。

耳の前の巻き毛を念入りに整えていたジェニーは、ノックの音を聞いて飛びあがりそうになった。教授が部屋に入ってきて朝の挨拶をすると、伯母に体調はどうかと尋ねた。それから腕時計を一瞥（いちべつ）し、もう行かなくてはならないと告げた。そして伯母にさよならを言ったあと、すばやくジェニーに向き直り、驚いて半開きになった唇にしっかりとキスをしてから出ていった。

しばらくして、伯母が沈黙を破った。「当然よね、彼はもうすぐ四十歳だもの」

「年寄りというわけじゃないわ」ジェニーは思わず口走った。

伯母は考えこむように姪を見た。「もちろんよ。私はそんなことは言ってないわ、よりによって彼が年寄りだなんて……」

ジェニーは窓から波止場をぼんやりと眺め、振り返らずに言った。「あら、どうして？」

「彼は贅肉がまったくついていないわ。たぶん半分の年齢の男性より速く走るでしょうね」そして、容赦なく付け加えた。「トビーはまだ三十歳にもなっていないのに、明らかにおなかが出ているわ」

「ええ」ジェニーはくすりと笑ってから、無関心を装って続けた。「私たちはもうファン・ドラーク教授に会うことはないんでしょうね」

「それが、そうでもないの。エデュアルトはときどき私のようすを見たいから、オランダに来てはどうかと言うのよ。そうすれば彼が顧問医をしている病院で検査を受けられるでしょう。私はいい考えだと思っているの。オランダには何年も行っていないし、ディムワース・ハウスにいてもそんなにすることはないし。エデュアルトはマーガレットに付き添ってもらってはどうかと言ったんだけど、断ったわ。もちろんあなたは一緒に来てくれるでしょう？」

「まあ、無理よ、伯母さま」ジェニーはそうは言ったものの、本当はぜひともオランダへ行きたいと思った。自分が好きでもない、そして自分のことを好きでもないエデュアルト・ファン・ドラークの姿が怖いくらい鮮明に頭に浮かんだ。もう二度と彼に会えないという思いが、このところずっと心を重くしていたのだ。

「どうして、ジャネット？」

「それは……」ジェニーはなんとか言い訳を考えた。「私は看護の仕事に戻りたいの。クイーン病院でまた働かせてもらえないかきいてみて――」

「お金に不自由しているの？」驚いたことに、伯母が尋ねた。ジェニーの記憶にある限り、伯母がそんな質問をしたことは一度もない。

「お金は十分すぎるほどあるわ、伯母さま。問題はお金じゃないの。私はただ自立していたいだけなのよ」説明している間に、ジェニーの心を重くしていた小さな悩みが揺るぎない事実へと変化した。本当は自立していたいなんてこれっぽっちも思っていない。私の一番の望みは、エデュアルトと結婚して一生彼に守られること。私たちは喧嘩をするだろう。私が一人で腹を立て、彼はあの憎らしい笑みを浮かべて黙って話を聞いているだけかもしれない。それでもいい。どんなに厄介な人であろうと、私は彼を愛しつづけるだろう。でも、彼は私を愛していない。ジェニーは眉根をきつく寄せた。その動かしがたい事実についてよく考えなくては。「そうね、長い間でなければかまわないわ」完全にふだんどおりの声が出て、ジェニーは自分でも驚いた。「どれくらいオランダに滞在するの？」

「十日くらいだと思うわ。エデュアルトはいくつか検査をしたいと言っていたから。向こうにいる間、有名な観光地をまわれるでしょう」伯母は片手を振り、その話題を終わらせた。「さて、車を借りられるかきいてきてちょうだい、ジェニー。ドライブしたいわ。船は明日まで出航しないんでしょう？」

今回のドライブはエデュアルトと出かけたドライブとはだいぶ違っていたが、楽しかった。午前中はあっという間に過ぎ、思いをめぐらしている暇もなかった。しかし、午後になって伯母が昼寝をすると、ジェニーはデッキチェアに横たわって太陽の光を浴びながら、エデュアルトのことを考えた。夜もそうやってのんびり過ごすつもりだったが、ショーやダンスを見て陽気な気分になった伯母が夕食のあとの船長のパーティに参加すると言い張った。

ラス・パルマスでも二人は船を降りた。景色は美しく、買い物はいい暇つぶしになったが、ジェニーはうわの空だった。陽気な乗客たちのグループに加わって笑ったり、頼まれればダンスをしたりすることもあったけれど、心ここにあらずだった。今は早く帰りたくてたまらない。早くディムワース・ハウスに着けば、それだけ早くオランダへ行けるからだ。

船が帰路につくと、天候が変わった。伯母が屋根のある一角でデッキチェアに横たわっている間、ジェニーはむなしい気分でプールで泳いだり、デッキを歩きまわったりした。エデュアルトはもういない。何人かの若者が熱心に誘いをかけてきたが、誰に対しても親切で公平な態度で接し、妙な期待を抱かせないようにした。

そんなふうにエデュアルトのことを考えて過ごすうちに、ついに船はティルブリーの港に入った。そのあとはもうもの思いにふけっている暇はなかった。たくさんの荷物はもちろん、伯母を船から降ろすのも大変だった。しかも、列が遅々として進まない税関を抜けてやっと波止場に出た二人を待っていたのはローバー・メトロに乗ったトビーで、ジェニーのいらだちはさらにつのった。

トビーはいかにも満足げな笑顔で二人を出迎えた。

「驚かせようと思ってね。ちょうどこの町に用事があったんだ。荷物はトランクに積もう。後部座席のほうがゆったりできますよ、ミス・クリード」

伯母にとっては助手席のほうが楽なのだと指摘してトビーの計画を阻止しようとしたが、彼はさっさと荷物を積みこんでいた。不思議なことに伯母も異議を唱えなかった。それどころか、納得したようにこう言った。「ええ、うしろのほうがいいわ。あなたたちはお互い積もる話があるでしょうし」

あとから考えてみると、あのとき言いたいことがあったのはトビーだけだった。彼は同じことを何度も繰り返し、自分と結婚するべき理由を並べたてた。トビーがこんなに独りよがりでなければよかったのにと、ジェニーはうんざりしながら思った。自分と結婚することがどんな女性にとっても最善の選択だと思いこんでいなければよかったのにと。

トビーはいい人だけれど、恐ろしく鈍感だ。それに、私が議論を仕掛けても反論したことがない。あなたのことを愛していないとはっきり伝えても、決して信じない。もしエデュアルトだったら……いや、彼がトビーのように人におもねるなんて想像もつかない。エデュアルトならたぶん車をとめ、私を降ろして、歩いて帰れと言っただろう。ジェニーはため息をつくと、オリヴァーをさがしに行った。ベッドに入る前に本を読んであげると約束したのだ。

オリヴァーはフローリーの猫と一緒に窓の下の長椅子にまるくなっていた。何もせずにぼんやりしているのは珍しい。ジェニーはすぐに言った。「まあ、ずいぶんおとなしいのね。疲れたの？」

オリヴァーがこちらを向いた。「考えてたんだ」

「何を考えていたの？」

「ママとベス伯母さんが喧嘩してたんだ。二人は居間にいて、僕は階段にいたから、声が聞こえたんだよ。ママは伯母さんがオランダへ連れていってくれないって怒ってた。ママがオランダへ行くのは当たり前だ、エデュアルトと結婚するつもりなんだからって」オリヴァーは青い瞳でジェニーをじっと見つめた。「エデュアルトって誰？」

ジェニーは力なく答えた。「ファン・ドラーク教授よ。そんなふうにこっそり人の話を聞くのはよくないわ、オリヴァー」

「僕はママを呼んだんだ。でも、聞こえなかったみたい。二人はものすごく大きな声を出してたから」

オリヴァーは長椅子から下り、ジェニーに向かって片手を伸ばした。「東屋（あずまや）へ行って本を読んでくれる？　ジェニーが帰ってきてすごくうれしいよ」

ジェニーは身をかがめ、オリヴァーにキスをした。

「私もよ、坊や……会えなくて寂しかったわ」

「でも、ジェニーがオランダへ行ったら、また会えなくなっちゃうね」オリヴァーが涙ぐんだ。

「ええ、だけど、すぐに戻ってくるわ。あなたはここに残って、ママと一緒にこの屋敷を切り盛りしなくちゃ」

「ママはここが好きじゃないんだ。ファン・ドラーク教授が来るからここにいただけだよ」

「あら、そうなの？」ジェニーは平静を装った。

「そのうち彼はママに会いに来るでしょう」


おしゃべりしながら東屋まで行くと、オリヴァーはジェニーの隣に腰を下ろし、あきらめきれないように言った。「僕もオランダへ行きたいな。ジェニーと一緒に」

「いつか行きましょう。あなたが大きくてなって自分でチケットを買えるようになったら、連れていってもらうわ」ジェニーは請け合い、『くまのプーさん』を開いた。「さあ、始めましょうか？」

ジェニーはすぐにまたディムワース・ハウスの生活になじんだ。天気のいい日が続き、見学者も多かったから、仕事はたくさんあった。みんなと交代で玄関ホールのテーブルにつき、パンフレットや絵はがきを売ったり、紅茶や砂糖やスコーンの在庫を確認したり、展示品を磨いたり、埃（ほこり）を払ったりした。

クルーズから戻ってきて一週間ほどたったころ、伯母が三日後にオランダへ行くと宣言した。

一緒に紅茶を飲んでいたオリヴァーは泣きだし、

マーガレットは青ざめた顔で辛辣に言った。「行ってもしかたがないわ。エデュアルトはすぐにここへ来るはずだから」

「どうして彼が自分に恋しているなんて思うの？」伯母が率直に尋ねた。「彼がそう言ったの？」

マーガレットはわざとらしく肩をすくめた。「子供の前でそんな話をするつもりはないわ」

「オリヴァーはあんな大声で泣いているんだから何も聞こえないわよ。芝居じみたことはやめなさい。私から見ると、すべてはあなたの想像に思えるわ」

マーガレットは立ちあがった。「違うわ。どうして伯母さまはそんなに冷たいの？　私が男性にもてるからって。それに、彼はジェニーが好きじゃないし、ジェニーも彼が好きじゃないわ。彼女がオランダへ行ったら、二人ともいやな思いをするだけよ」

ずっと黙っていたジェニーは、ついに感情を押し殺した小さな声で言った。「今回オランダへ行くのは伯母さまの検査のためよ。あなたはそのことを忘れているわ、マーガレット。誰が誰を好きかなんて関係ないの。それに、もしあなたが行ったら、教授は仕事に集中できないでしょう」

「まったく！」伯母が鼻を鳴らし、容赦なく続けた。「マーガレット、あなたはここに残って、私たちが出かけている間、屋敷を切り盛りしてちょうだい。重い腰を上げて働くのは少しはあなたのためになるでしょう。私たちが戻ってきたら、勝手にオランダへ行きなさい。私の知ったことではないわ。エデュアルトが仕事を辞めてここへ来て、あなたの夫として暮らすと本当に思っているの？　もっとも、それも私には関係のないことね」そして、オリヴァーに目を向けた。オリヴァーはジェニーの隣に座り、彼女から借りたハンカチで洟をかんでいた。「私たちはオリヴァーを連れていくわ。この子が一緒だと楽しいから」

「でも……」マーガレットは猛然と抗議しかけて、ふいに口をつぐんだ。ジェニーにはその理由がよくわかった。伯母は大金持ちで、自分が死んだらその大部分をオリヴァーに遺すと明言している。オリヴァーが大人になって伯母の財産とディムワース・ハウスを正式に受け継ぐまで、それを管理するのは母親のマーガレットだ。だが、伯母の機嫌を損ねればどうなるかわからない。

三日後、三人はドブスが運転するローバー・スターリングに乗って出発した。途中メイフェアの小さくて豪華なホテルに一泊してから、ホバークラフトでイギリス海峡を渡る予定だ。助手席に座ったオリヴァーはうれしさのあまり口もきけないようだった。後部座席で伯母の隣に座るジェニーも喜びに胸を躍らせていた。幸い、伯母はずっとうとうとしていたので、好きなだけもの思いにふけり、エデュアルトのことを考えられた。

伯母から聞いて、エデュアルトがデンハーグの北部に住んでいることがようやくわかった。そこに顧問医を務める二つの病院があるらしい。学生たちに講義をしているアムステルダムからもそれほど遠くないようだ。ただ、伯母の話は腹立たしいくらい曖昧だった。どこか海の近くらしいと、伯母はおざなりに言った。どんなところに泊まるのかと尋ねたときは、返事はさらに曖昧になった。

〝ああ、なにもかもエデュアルトが手配してくれているわ〟

ジェニーは眉根を寄せた。持ってきた服で間に合うといいけれど。ジャージーのワンピースとジャケットは、病院へ行くときや観光地へ出かけるのにちょうどいいだろう。オリヴァーを海辺へ連れていくことがあるかもしれないと思い、シャツとスラックスも持ってきた。それにイブニングドレスを数枚。伯母のことだから、泊まるのはたぶんホテルだろう。

夕食にはドレスアップしなくてはならないホテルのはずだ。エデュアルトにはほとんど会う機会がないかもしれない。そう思うと悲しくなったが、そのほうがいいと思い直した。会えば会うほど、彼を好きではないふりをしているのがむずかしくなる。一方で、彼にまた会うのが待ちきれない思いだった。

翌日になって無事にオランダへ入ると、ドブスは車のスピードを上げた。平坦(へいたん)でのどかな田園風景を眺めながら、お茶の時間には到着するだろうとジェニーは思った。伯母はまたまどろみはじめ、オリヴァーは小さな声でドブスに質問しつづけた。ドブスは第二次世界大戦中オランダにいたから、オリヴァーのどんな質問にも答えられるのだ。オリヴァーは楽しそうだった。少年の小さな頭を見て、ジェニーはほほえんだ。ジェニーが伯母に付き添って病院へ行っている間、オリヴァーはドブスと二人で過ごせることを喜んでいた。その理由の一つは、自分がほとんど覚えていない父親の話をドブスがしてくれるから、もう一つは、彼ならいくらでも欲しいだけトフィーをくれるからだ。

そのうち周囲に森が多くなった。今走っている道も木々の間を伸びている。道沿いに家が並び、ときおり半分木々に隠れた大邸宅が見え、小さくて美しい村が次から次へと現れた。ここがデンハーグやアムステルダムからそれほど遠くない場所だとは信じられない。標識をさがしていたドブスは、まもなく両側に鬱蒼(うっそう)と下草が茂る田舎道に車を乗り入れた。オリヴァーが興奮に顔を輝かせ、ジェニーを振り返った。「ドブスがもうすぐ着くって言ってるよ」大事な秘密でも伝えるようにささやき、前方を指さす。

ジェニーはオリヴァーが指さす先に視線を向けたが、ホテルらしきものは見えなかった。開いている門の向こうに丹念に手入れされた薔薇(ばら)の生け垣と私道が見えるだけだ。しかし、最初の角を曲がると、屋敷が現れた。まるで中世に建てられたような、飾りけのない赤煉瓦造りの家だ。窓は細長く、正面の両側に胡椒入れのような形の塔がついている。玄関は大きくて立派だ。とても古く、少しもホテルらしくない。たぶん持ち主は相続税を払うためにこの家を売らざるをえなかったのだろう。だが、伯母にはぴったりだとジェニーは思った。エデュアルトはいい宿を選んだわ。それから伯母をやさしく揺すって起こし、車を降りる準備をした。

　オリヴァーはすでに砂利の上に降り立ち、堂々たる屋敷を見あげて小さな口をぽかんと開けていた。ドブスがドアを開け、伯母が降りるのを手伝う。ジェニーはハンドバッグとスカーフ、伯母のこまごまとした持ち物をかき集めて車を降りた。そこから玄関は見えなかったが、ふいにエデュアルトの声が耳に入った。ジェニーは息をのみ、ぴたりと動きをとめた。彼との再会を心から待ち望んでいたが、ここで会うとは思ってもみなかった。それに、実際に彼に会ったらこんな気持ちになるとも。まるで高い飛びこみ台から飛びこむ前のような、あるいは、突然山の頂上に立ったような気分だ。空気が足りなくなり、心臓が喉までせりあがってきた。ジェニーは唾をのみこんで心臓を押し戻し、呼吸を整えてから、車のうしろをまわっていった。

　エデュアルトは伯母の隣に立ってオリヴァーの小さな肩に手をかけ、ドブスに荷物を運ぶ場所を指示していた。ジェニーを見ると近づいてきたが、少しもうれしそうではない。たぶんマーガレットが来ると思っていたのだろう。とはいえ、彼の挨拶は少しそっけないながらも感じがよかった。

「旅は快適だったかい？　今はとにかく紅茶を飲みたいだろう。中に入ってくれ」

　立派な玄関から中に入ると、そこは広々とした四角い広間だった。巨大な暖炉があり、その両わきに肘掛け椅子が置かれている。広間の真ん中にある大きなテーブルには花を生けたボウルがのっていた。壁にはたくさんの絵画とさまざまな武器が飾られている。ジェニーはざっと一瞥してから、受付をさがして周囲を見まわした。だが、受付はない。ホテルなのに妙だと思い、エデュアルトに尋ねた。「私たちの部屋を取ってくれたんでしょう？　スタッフがいないみたいね。とても静かだし……」

エデュアルトが例のからかうような笑みを浮かべた。「そのほうがありがたいな。自分の家が騒がしいのはいやだからね」

「あなたの家……？」ジェニーは目を大きく見開いた。「私はてっきり……だって伯母さまは……」

エデュアルトはすまして答えた。「伯母さんは話すのを忘れていたんだろう」

ジェニーは困惑した表情で彼を見た。「ええ……たぶんそうなんでしょうね。オリヴァーも一緒に来ることは知っていたの？」

「もちろん知っていたよ」エデュアルトはジェニーをじっと見つめた。「マーガレットが来られなくて残念だ」

ジェニーは目をそらし、きまじめに言った。「ええ、本当に残念ね。でも、伯母さまの検査が終わったらすぐに私はディムワース・ハウスに戻るから、そうしたらマーガレットが来られるわ」

「君がそれほどやさしい心の持ち主だとは知らなかったよ。つまり、僕に対してということだが」

海での戦いを描いた大きな絵に夢中になっている伯母とオリヴァーを横目でちらりと見てから、ジェニーは冷ややかに言った。「そんな意地悪を言わなくてもいいでしょう。マーガレットの代わりに私がここに来たからって。私だって来たくなかったわ」

彼女は大嘘をついた。

「僕が？　意地悪だって？　君は間違っている。僕は自分を守っているだけだ。君の故国の詩人アーロン・ヒルは昔、こう謳った。〝やさしく刺草に触れると、刺されて傷を負う。思いきってつかむと、刺草はシルクのように柔らかい〟つまり、君もシルクのように柔らかくなれるということだ。実際には刺だらけのようだが」

「なんてひどいことを――」ジェニーの言葉は伯母の堂々とした声にさえぎられた。

「ここの絵はすてきね」伯母が言った。「ディムワース・ハウスの絵に負けないくらい……いえ、もっとすばらしいかもしれないわ」鷹揚なところを見せて認めた。

エデュアルトは素直に同意するほど礼儀知らずではなかったから、小さく礼をつぶやき、それから伯母を広間の奥の両開きのドアへ促した。ドアの向こうにはいかめしい顔つきのずんぐりした男性が控えていて、エデュアルトは彼をハンスと呼んだ。ハンスは威厳たっぷりに女性たちにお辞儀してから、オリヴァーにウインクをした。オリヴァーも喜んでウインクを返した。それを見たとたん、ジェニーはハンスが大好きになった。

伯母が望んでいたのは紅茶だけだったが、銀のティーポットに入った紅茶と一緒に薄い胡瓜のサンドイッチと小さなケーキ、甘いビスケットも運ばれてきた。その部屋の雰囲気は出された軽食にぴったりで、とても優雅だった。細長く美しい部屋にある調度品はどことなくディムワース・ハウスのものに似ている。だが、カーテンだけはかなり手が込んでいて、深紅の分厚いブロケード地で、房飾りがついていた。ジェニーはそのカーテンはもちろん、堂々とした椅子や繊細な小ぶりのテーブル、前面にガラスがはめこまれた大きな戸棚も気に入った。

「この家も見学者が来るの？」オリヴァーが尋ねた。

エデュアルトは伯母にケーキを渡しながら答えた。

「いや、来ないよ。一般公開すると、ずっと家にいなくてはならないだろう。僕は一日のほとんどを病院や診察室で過ごしているからね」

遠慮がちな言い方だと、ジェニーは思った。入場料を取っておおぜいの人に家の中を見せ、収入の足しにするなんて考えは頭に浮かんだこともないのだろう。エデュアルトはお金持ちだ。そうでなくてはこんな屋敷には住めない。これだけ大きいと暖めるだけでも大変だろうし、維持管理にはたくさんの人手が必要だろう。ああ、もっとよくこの屋敷を見てみたい。ジェニーのそんな願いはエデュアルトがこう言ったときにかなえられた。

「泊まってもらう部屋へ案内しようか？　ミス・クリード、明日デンハーグの病院へ来るまでにゆっくり休んで、体力を回復してください。検査はいくつかありますが、長くはかかりません」

「あなたの言うとおりにするわ、エデュアルト」伯母の口調はとても丁寧だった。

三人はふくよかで小柄な女性に案内され、二階へ向かった。女性はもう若くはなく、髪には白いものが交じっているが、陽気な顔つきでせかせかと動く。エデュアルトがハンスの妻ヘニーだと紹介すると、彼女はにっこりほほえみ、オリヴァーと手をつないで優雅な大階段をのぼりはじめた。

三人の部屋は屋敷の横手にあった。ジェニーの部屋が真ん中で、バスルームを隔てて隣が伯母の部屋だ。オリヴァーの部屋とはドアを通じて行き来ができる。ヘニーが伯母の荷物の荷ほどきをしてくれたので、ジェニーは自分の部屋をじっくり見てまわれた。家具は屋敷が建てられたときより少しあとの時代のものらしい。モスリンの天蓋がついたマホガニーのベッドはヘップルホワイト様式だ。化粧台やその上に置かれた鏡、壁際の背の高いたんすも。淡いピンクのストライプの布張りの椅子はとても座り心地がよさそうだ。カーテンもランプもピンクだった。銀や磁器でできたさまざまな装飾品は、羽目板張りの壁にかかった淡いパステル画に合っている。

「とてもすてきだわ」ジェニーは声に出して言い、モスグリーンの分厚い絨毯(じゅうたん)の感触を直接足に感じたくて、蹴るように靴を脱いだ。

はしゃいで自分の部屋を走りまわっていたオリヴァーが、ジェニーの部屋に入ってきた。「ものすごいお部屋だね！　ほかもみんなこんなふうなのかな？　ちょっとディムワース・ハウスに似てるね」

「ええ、そうね。でも、ディムワース・ハウスよりもずっと古いと思うわ」

「ママには僕が話すからね！　教授はとってもお金持ちなんでしょ？」

「どうかしら。でも、たぶんそうでしょうね。いずれにしろ、私たちには関係のないことよ」ジェニーは小さなテーブルから繊細な磁器の人形を手に取り、感嘆して眺めた。その間、オリヴァーは中方立てのある窓から外を見ていた。

「ジェニーは知りたくないんだね。ママは教授がお金持ちかどうか知りたがってるよ。大事なことだって言ってた。そうなの？」

ジェニーは人形を慎重にテーブルに戻し、オリヴァーをまっすぐ見つめた。「ぜんぜん大事なことじゃないわ、オリヴァー」

それは事実だった。たとえエデュアルトが貧乏でも、私は喜んで結婚するだろう。必要なら、まるで箱みたいに狭苦しい今どきの家に住み、着古した服を着て、夫や子供たちのために安くて健康的な食事を喜んで作るだろう。ジェニーは空想の世界に入りこみ、オリヴァーが小声で話すのをぼんやり聞いていた。「ママは教授と結婚したいんだ」

たとえ子供の言葉でも、実際に口に出されると決定的な事実に聞こえた。だが、ジェニーはなんとか平静を保った。「ねえ、ダーリン、あなたのママはとても美しい人よ。それに、パパのことを深く愛していたけれど、寂しいんだと思うわ」

「僕だってそうだよ。でも、ファン・ドラーク教授はうれしくないんじゃないかな」

ジェニーはオリヴァーに近づいていって隣に膝をつき、小さな肩に腕をまわした。「どうして？」

「教授はディムワース・ハウスには住めないよ。外科医だもん」わかりきっていると言いたげな口調だったが、そのとき犬の鳴き声が聞こえてきて、ジェニーはオリヴァーの賢明な指摘に対して何も言わずにすんだ。オリヴァーはたちまち心配事を忘れ、窓に駆け寄った。「見て、ジェニー。犬が二匹と猫がいるよ。教授も一緒だ。僕も階下へ行っていい？」

ジェニーも窓に近づき、外を眺めた。芝地の向こうには野原が広がり、遠くには生い茂る木々と光る水面が見える。芝地を横切るエデュアルトの隣をグレートデンが歩き、雑種の犬が周囲を跳ねまわって、ありきたりな虎猫がそのうしろについていく。

「いいわよ、ダーリン。でも、一緒に行ってもいいか教授にきいてね。勝手についていってはだめよ」

「教授は気にしないよ」オリヴァーは自信たっぷりに言い、ドアへ向かった。「男の子が好きなんだって言ってたもん。自分も男の子だからって」

ジェニーは窓に背を向け、荷ほどきをしてから伯母のようすを見に行った。

「夕食のためにエデュアルトに着替えるわ」伯母がきっぱりと言った。「エデュアルトにそう伝えて。三十分後に戻ってきて、髪を整えるのを手伝ってちょうだい」

ジェニーは首をかしげた。「教授は自分の家にいるんだから、わざわざ着替えないと思うけど」

伯母が即座に言い返した。「お客を招いているんだから、それにふさわしいふるまいをするはずよ、ジャネット」

ジェニーはのろのろと階下に下り、玄関から外へ出た。エデュアルトとオリヴァーと犬と猫はだいぶ先を歩いている。光る水面――たぶん池へ向かっているのだろう。やがてジェニーは池の鴨を見ている二人に追いついた。二人が振り返って彼女を見た。

「何も問題はないだろう？」エデュアルトが尋ねた。

やはり私にここに来てほしくなかったのだと感じ、ジェニーはかすかに高慢な口調になった。「ええ、まったくないわ。ただベス伯母さまから、夕食のために着替えるつもりだとあなたに伝えてくるように言われたの」

エデュアルトが眉を上げた。「なんて思慮深い人だろう。だが、そんな必要はないよ」

ジェニーは頬を染めた。「ええ……あの、伯母は別に思慮深いわけじゃないの。自分のやり方にこだわっているだけなのよ」

エデュアルトがポケットに片手を突っこんでパン屑を取り出し、オリヴァーに渡した。その間、ジェニーは気まずい思いで待っていた。「これをやってごらん。池に落ちないようにするんだよ」

オリヴァーがエデュアルトに尊敬のこもったまなざしを向けた。「教授は何もかも考えてるんだね」いったん鴨のほうへ向かいかけた少年は、また戻ってきて尋ねた。「僕も大人と一緒に夕食をとらなくちゃいけないの？」

エデュアルトがほほえんだ。「いや、ヘニーが君に夕食を食べさせて、ベッドに入る準備をしてくれる。彼女はとてもやさしいんだ」

「ほかに使用人はいないの？」

ジェニーは思わず口をはさんだ。「失礼よ、オリヴァー！」

しかし、エデュアルトはジェニーの言葉など聞こえなかったように答えた。「いや、何人かいるが、ヘニーは家政婦でもあり、僕の昔からの友達でもあるから、君の面倒をとくによく見てくれるはずだ」

オリヴァーがうなずき、満足げに歩きだした。

残されたジェニーは言い訳がましくつぶやいた。

「あの子はまだ六歳なのよ」

エデュアルトが身をかがめて猫を抱きあげ、穏やかに言った。「オリヴァーのことで文句を言ったつもりはないよ。君はいろいろ用事があるんだろう。もう少ししたら、僕がオリヴァーを連れて戻るよ」

ジェニーは心の底から泣きたくなった。なんて失礼で傲慢で、思いやりのない人かしら。こんな人、大嫌い！　彼女は凍りつきそうに冷たい声で言った。

「マーガレットの代わりに私が来たからって、そんな冷たい態度をとらなくてもいいでしょう。自分からここへ来たいと言ったわけじゃないし、やっぱり来なければよかったと思っているわ」

ジェニーは駆けだした。必死に自制心を働かせ、うしろを振り返らないようにして。部屋に着くと、エデュアルトの身にさまざまな災難が降りかかるところを想像した。それでだいぶ鬱憤が晴れたので伯母の部屋へ行き、言いつけられたこまごました雑用をこなして、再び自分の部屋に戻った。そして最初に手に取ったワンピースを無造作に身につけ、髪をきっちり結うと、かわいらしい鼻に粉をはたいて、似合わない色の口紅をつけた。

「誰が気にするというの？」鏡の中の自分に向かって投げやりに言い、オリヴァーがベッドに入っているかどうか確かめるために隣の部屋へ行った。

オリヴァーはベッドに入ってはいなかったが、ヘニーにやさしく面倒を見てもらい、上機嫌で部屋を歩きまわっていた。十分後にベッドに入ることを約束させ、ジェニーは階下に下りた。エデュアルトと伯母はもう応接室にいて、楽しそうにおしゃべりしていた。花柄のシルクのワンピースの下で怒りをたぎらせながらも、ジェニーはなごやかに会話に加わった。食事中もいかにも楽しげなふうを装っていたが、エデュアルトに話しかけられると瞳を光らせて見返した。それでも、当たりさわりのない返事以外の言葉を口にしないように自分を戒めていた。

食事は長く続いた。マホガニーのテーブルには染み一つない白いリネンのクロスがかかり、シルバーとクリスタルの食器が並べられていた。ジェニーは機会をとらえては大きな四角い部屋をひそかに見まわし、琥珀色のカーテンと刺繍のほどこされた絨毯、濃い色の板張りの壁をとてもすてきだと思った。

応接室に戻ってゆっくりコーヒーを飲んだあと、エデュアルトは伯母に、そろそろベッドに入ってはどうかとやさしく勧めた。そして一緒に立ちあがり、ゆったりした足取りでドアへ向かった。気さくに話をしながら玄関ホールを横切り、階段の下まで来ると、おやすみの挨拶をした。二人のうしろにいたジェニーは伯母と一緒に階段を上がろうとしたが、エデュアルトに腕をつかまれてやむなく足をとめた。

「病院での診察や検査についてきちんと手配しておきますよ、ミス・クリード」エデュアルトが如才なく言った。

「気がきくわね」伯母はうなずき、階段を半分上がったところで二人を振り返った。「エデュアルトをあまり夜更かしさせてはだめよ、ジェニー。彼は忙しい一日を過ごしたんだから」堂々と残りの階段をのぼり、最後にもう一度振り返る。「すばらしい食事だったわ、エデュアルト。おやすみなさい」

威厳に満ちた伯母の背中が見えなくなると、エデュアルトはジェニーの腕をつかむ手の力をゆるめた。

「ここでは話ができないから、応接室に戻ろう」

ジェニーは黙ってエデュアルトについていった。彼が何か指示を出したいなら、好きにさせておこう。とめることはできない。

だが、応接室で向き合って座ると、エデュアルトは尋ねた。「さっきのマーガレットの話はどういう意味だったんだい？」

「言ったとおりの意味よ。話がそれだけなら、私はもうベッドに入るわ」

「氷の塊から彫り出したように冷たい言葉だな」エデュアルトはしばらく考えてから言った。「教えてくれ、ジェニー、君は本当に僕のことが嫌いなのか？　確かに君が怒るのを見たくてわざとからかうことはあるが、それだけの理由で僕とは口もきくのもいやだと言いたげな態度をとっているのか？」彼は近づいてきてジェニーを立ちあがらせ、しっかりと手を握ると、ランプの光が当たるほうに顔を向けさせた。「君は僕が嫌いなのかい？」

ジェニーはためらった。今までなぜか彼のことを大嫌いだと思いこんできた。彼を心から愛しているのに、そんなことがあるかしら？　彼は私が結婚したいと思う唯一の男性よ。もし彼がマーガレットと結婚したら、私の胸は張り裂けてしまう。でも、この気持ちはぜったいに彼に気づかれてはならない。

ジェニーは石のように冷たく言った。「ええ、私はあなたのことが好きじゃないわ、ファン・ドラーク教授」そう言うしかなかった。それに彼はマーガレットを愛しているのだから、私にどう思われていようと気にしないはずだ。もし私があなたを心から愛しているなどと言ったら、彼はどう思うだろう？いつもからかうような笑みを浮かべて意地の悪いことを言うけれど、本当はやさしい人だから、きっと困惑するに違いない。

エデュアルトはジェニーの手を放し、かすかにほほえんだ。「これまで刺された中で最もひどい刺だな。だが、事実をはっきりさせるのがいちばんいい」ジェニーから離れ、グレートデンの耳をやさしく引っぱりながら、彼は快活に続けた。「明日は伯母さんに付き添ってくれるね？　採血と超音波検査くらいで、二、三時間で終わるだろう。ハンスが車で送り迎えしてくれるから、その間ドブスはオリヴァーと一緒にいられる。戻ったら、伯母さんを十分休ませてくれ。明日以降もいくつか検査があるし、疲れてほしくないんだ」

エデュアルトはジェニーを見おろし、再びほほえんだ。その笑顔はとてもやさしげで、ジェニーは彼の上着の袖をつかんで本当の気持ちを伝えてしまいたい衝動をぐっとこらえた。そんなことはできない。ジェニーは礼儀正しくうなずき、決められた時間までに伯母に支度をさせると約束し、おやすみなさいと言った。エデュアルトはドアまでジェニーを送らなかったし、彼女も部屋を出るまで振り返らなかった。

7

ジェニーにとってその後の三日間は、退屈ではないけれどつらい日々だった。エデュアルトはいかにもよき主(あるじ)らしく丁重に彼女に接したが、二人の会話は伯母の体調や病院の予約時間のような退屈な話題に限られていた。ジェニーが最初の晩に言ったことをすべて取り消したいと思ったとしても、エデュアルトの築いている目に見えない壁を打ち破るのは不可能だったろう。意見の相違にもかかわらず、以前の二人の間には確かにある種の友情が存在していたが、今やそれすらなくなってしまった。

しかし、ジェニーは不幸でも、オリヴァーはこのうえなく幸せそうだった。少年はドブスと一緒にデンハーグのマドゥローダム――オランダの代表的な建造物の縮小模型があるテーマパークへ行ったり、近くの城を見に行ったり、砂遊びをしに海辺へ出かけたりしていた。家にいるときは池の手こぎボートに乗ってハンスにオールの使い方を教わり、ヘニーが用意してくれるおいしい食事をとった。少なくともオリヴァーは至福のときを過ごしていた。

伯母も満足しているようだった。実際には病院との往復と退屈な検査と診察でほとんど一日が終わってしまうが、すべては伯母の快適さと便宜を考慮して段取りがつけられていたから、伯母はジェニーが驚くほど淡々と毎日の検査や診察に耐えていた。

最初の日、二人は朝食のあとすぐにハンスの運転する車で病院へ向かい、ロビーで年配の看護師長に出迎えられた。そのまま外科の待合室に案内され、伯母が待たされることに文句を言う暇もないうちに、看護師がエデュアルトの部屋へ連れていってくれた。

エデュアルトはデスクの向こう側で立ちあがり、二人を迎えた。その男性はもはやエデュアルトではなく、患者を診察するファン・ドラーク教授だった。いつでも思ったことを率直に口にする伯母は、さっそく言った。「当然ね、正式な診察を受けるんですもの。あなたをエデュアルトと呼ばないようにしないと。ジャケットを脱がせて、ジェニー。さあ、最初は何をすればいいのかしら?」

診察は順調に進んだ。伯母はときおり異議を唱えたが、もの柔らかに自分のやり方を通すエデュアルトにあっさり押しきられた。伯母のそばで世話をやきながら、ジェニーは彼が患者をやすやすと思いどおりに扱うことにひそかに感嘆していた。同時に、彼が自分にまったく無関心なことを悲しく思った。でも、こうなったのも私のせいなのよ。

診察が終わると、二人はハンスの運転でソレンダイク邸に戻り、遅い昼食をとった。そのあとジェニーは伯母の昼寝の準備をした。それがすめば、お茶の時間まで自分の好きなことをして過ごせる。

ジェニーはヘニーに頼んで屋敷を案内してもらった。その結果、さまざまな違いはあってもソレンダイク邸はディムワース・ハウスと同じくらい美しく、屋敷自体はもちろん、家具や調度品もディムワース・ハウスよりずっと古いとわかった。夕食の席でその話題を持ち出してみたが、エデュアルトはいかめしく礼を言っただけで、なんの意見も口にしなかった。ジェニーは腹を立て、伯母がコーヒーを飲みおえてすぐにベッドに入ると言うとほっとした。そして、それを言い訳に自分も部屋に引きあげることにした。もちろんエデュアルトが誘いをかけるそぶりをわずかでも見せたなら、即座に気を変えていただろう。だが、彼にそんな気配はなく、堅苦しくおやすみと挨拶しただけだった。そのせいでジェニーは不幸にも眠れない夜を過ごすはめになった。


翌日も、翌々日も、同じような一日だった。ジェニーはろくに眠れず、疲れた青白い顔で朝食の席についたが、幸いにもそのころにはエデュアルトは出かけてしまっていた。

三度目に病院へ行き、レントゲン検査を受けている伯母を待っていたとき、エデュアルトがジェニーのところにやってきて、もしよければ看護師に病院を案内させようと言った。

病院を見てまわるのは楽しかった。案内役の看護師はジェニーと同じくらいの年齢で、英語はあまり上手でないが、とても熱心に説明してくれた。彼女は小児科の看護師だったから、まずはそこへ行った。ジェニーは明るく陽気な病棟の雰囲気に感心し、細かいところまでじっくり見学させてもらった。それから外科へ行き、そこでだいぶ時間を使ってしまったため、内科は早足で通り過ぎ、手術科へ移った。手術科は何もかもよく知っている場所なので、ジェニーは案内役の看護師と夢中で議論を交わした。回復室にはどんな設備があればいちばんいいか、そこはどんなふうに管理されるべきか、何人くらいの看護師が必要か……。そこへ看護学生がやってきて、ファン・ドラーク教授が待っていると告げた。

　玄関に戻ると、エデュアルトがいらだたしげな顔で待っていた。ジェニーは急いであやまったが、見学してきたことで頭がいっぱいで、彼と距離を置くことを忘れていた。「つい夢中になってしまって。手術科には見たいものがとてもたくさんあったの」

「君が興味を持ってくれてよかった」エデュアルトはジェニーを制するように言い、案内役の看護師のほうに向き直って、まったく違う口調で何か言った。

　看護師が笑顔でうなずき、ジェニーと握手をして足早に立ち去った。

「伯母さんは君を待たずに帰ったよ」エデュアルトは不機嫌そうに言った。「だから君は僕の車で帰るんだ。途中で家に寄って君を降ろそう」

「あなたはどこへ行くの？」ジェニーは尋ねたが、彼の面倒くさそうな口調を聞いて、何も尋ねなければよかったと後悔した。

「興味があるなら教えてあげよう。アムステルダムだ」

　エデュアルトに促され、玄関を出て前庭へ行くと、パンサー・デビルがとまっていた。やがてエデュアルトが屋敷の玄関前で車をとめるまで、二人はひと言も口をきかなかった。ジェニーは礼儀正しく言った。「どうもありがとう」

　だが、返ってきた返事はあまりにそっけなかった。

「〝君を送れてよかった〟なんて言葉は期待しないでくれ」

　そのせいで、ジェニーは一日じゅう不幸のどん底に突き落とされた気分だった。

　予定されていた伯母の検査はすべて終わり、あと数日は結果を待つだけだった。伯母は庭でのんびり過ごして体力を取り戻すと言った。ジェニーはオリヴァーにせがまれ、二人でアムステルダムへ行きたいと伯母に話してみた。

「オリヴァーがどうしても行ってみたいと言うの。もちろん私も行きたいわ。ドブスに車で町の中心まで送ってもらい、帰りは列車で帰ってきて、駅に着いたらまた迎えに来てもらうつもりよ」

ジェニーの提案に水を差すエデュアルトはその場にいなかったし、伯母もとくに問題はないと思ったようだ。ちゃんとオリヴァーの面倒を見るように、十分なお金を持っていき、食べ物に気をつけるようにと念を押され、計画を立てることを許可された。

エデュアルトがいない間に話を進めてしまったほうが賢明だとジェニーは思った。だから夕食でその話題が出たとき、彼にできることはもうほとんどなかった。エデュアルトが不満なのはひと目でわかったが、ジェニーは楽しげな顔を見せないように下を向いていた。今回ばかりは彼も思いどおりに事を運べないだろう。

どうして自分たちがアムステルダムへ行ってはいけないのか、ジェニーはわからなかった。ドブスに町の中心まで送ってもらい、運河をめぐる船に乗り、店を見てまわる。オリヴァーが母親へのプレゼントを買いたがっているからだ。そのあとはどこか有名な店で昼食をとる。ガイドブックで調べて、目当てのレストランにはもうしるしをつけてある……。

ジェニーはそういうことをしぶしぶエデュアルトに説明した。というより、彼に面と向かって尋ねられたら、答えるしかなかった。エデュアルトが最後に不満げな声をもらすと、ジェニーはいっそう決意を固めた。彼ときたら、私が災難にあわずに一日過ごせるはずがないと思っているんだわ。

〝だから言ったじゃないか〟万一、計画がうまくいかなかったときにエデュアルトがそう言うのが聞こえるようだ。意地の悪い彼の笑顔を見ると怒りがこみあげ、ジェニーは挑戦的に言った。「きっと思い出に残る一日になると思うわ。でも、あなたはもうそういうことを楽しいと感じないんでしょうね」

エデュアルトの瞳に冷たい怒りが燃えあがるのを見て、ジェニーは息がつまり、ひどく失礼で思いやりのないことを言ってしまったと気づいた。立ちあがって彼に駆け寄り、許しを請い、そんなつもりで言ったのではないと伝えたかった。〝人はいつでも愛する人を傷つけたがる〟と言ったのは誰だったかしら？　まさにそのとおりだわ！

ジェニーが意を決してついに立ちあがろうとしたとき、ずっと黙っていた伯母が複雑な家族の歴史について長々と話しはじめ、誰も口をはさめなかった。伯母の話が終わったときにはもう手遅れだった。それでもジェニーはテーブルを離れるときになんとか機会をとらえ、話があるから数分だけ時間をくれないかと遠慮がちにエデュアルトに尋ねた。しかし、即座に冷たく拒絶された。

「あいにく大事な電話を何本かかけなくてはならないんだ」顔はほほえんでいたが、目が笑っていなかった。「明日ではだめかい？」

しかし翌朝、エデュアルトはいつものようにジェニーとオリヴァーが階下に下りるころには出かけてしまっていた。しかもハンスの話では、帰りは遅くなると言っていたという。

「だったらしかたないわね」ジェニーはため息をついた。今日はオリヴァーのための一日だから、目の前に待ち受ける楽しみに集中しよう。

朝食をすませると二人は伯母に挨拶し、ドブスが運転する車に乗りこんだ。ジェニーは一人で後部座席に座ってもう一度アムステルダムの地図をじっくり見てから、シートにもたれて田園風景を眺めた。

晴れた日で、空は青く、風は心地よい。今日はオリヴァーのお気に入りのブルーのジャージーのワンピースを着てきたから、雨が降りだす気配のないことがありがたかった。

大きな駅の前の広場に着くと、二人は車を降りた。だが、ドブスは二人を残して帰るのが気が進まないらしく、自分が町を案内するからもう一度車に乗るようにと説得を始めた。

五分後、ジェニーはやさしく言った。「ねえ、ドブス、あなたと一緒に行きたくないわけじゃないの。ただほんのしばらく、自由になりたいだけなのよ」

ジェニーの言わんとすることを理解したドブスは、同情するようにほほえむと走り去った。ジェニーとオリヴァーはさっそく運河船に乗る列に並んだ。

外国の町にいるだけでもわくわくするのに、運河から見ると、何もかもが新鮮に感じられた。運河を見おろす窓がついた切妻造りの小さな家、高窓と堂々とした立派な玄関のある大邸宅、幅の狭い橋、川沿いの道を歩いたりサイクリングしたりする人々、大きな音で陽気な音楽を奏でるストリートオルガン。

船を降りると、オリヴァーが甘えるように言った。「もう一度乗ろうよ、ジェニー。お願い！　もっといろいろ見たいんだ。船のスピードがとっても速かったから。ほら、次の便が出るよ！」

ジェニーは笑った。「わかったわ、坊や。でも、チケットを買ってこないと。ここで待っていて」

そろそろ観光シーズンは終わりだというのに、チケット売り場は込み合っていた。ジェニーは列に並んで新しいチケットを手に入れてから、オリヴァーを残してきた場所に戻った。しかし、姿が見えない。それほど遠くへ行くはずはないから、注意深く周囲を見まわした。だが、オリヴァーは遠くにいた。上機嫌で自分の名前を呼ぶ甲高い声を聞き、ジェニーが振り返ると、高速で岸を離れていく船の真ん中でオリヴァーが手を振っていた。とびきりうれしそうな顔で笑っている。ジェニーは船が最初の橋をくぐって見えなくなる前にナンバーを覚えるだけで精いっぱいだった。船が戻ってくるまで一時間ほどここで待っているしかないだろう。

石の塀に座り、どうすべきかじっくり考えた。罰としてこのあと帰るべきだろうか？　でも、オリヴァーはわざとあんなことをしたわけではないはずだ。待ちきれなくてつい乗ってしまったに違いない。

小さな男の子ならそういうことはよくあるんじゃないかしら？　マーガレットにあまり自由にさせてもらえないから、オリヴァーは毎日退屈しているのかもしれない。ジェニーは賢明にも心を決めた。オリヴァーが戻ってきたら、とりあえず言い分を聞いてみよう。しかし、船が戻るのを辛抱強く待っている一時間の間、起こりうる恐ろしい出来事が次々と頭を駆けめぐった。

待つ時間は長く感じられる。ようやく船が見えてくると、ジェニーはゆっくりと発着所へ近づいていった。船は満員だから少し待たなくてはならない。だが、最後の乗客が降りてもオリヴァーの姿はなく、ジェニーは本物のパニックに陥った。すでに次の便の乗客が乗りこみはじめている。ジェニーは迷惑そうな乗客たちの視線を無視してなんとか船の中を進み、ガイドを見つけた。

「小さな男の子なんです」息を切らして説明した。「六歳で、赤い髪をしています。私がチケットを買っている間に勝手に船に乗ってしまったんですが、戻ってこないんです」

ガイドは背の高い陽気な女性だった。「その子なら見ましたよ。向こうに座っていました」実に上手な英語で言い、通路の中ほどの席を指さす。「一緒に座った人たちと話していたからてっきり家族だと思ったんですけど、違うんですね？」

「ええ」ジェニーは落ち着いて答えた。「男の子はその人たちと一緒にどこかで降りたんですか？　こういう船が途中でとまるなんて知らなかったわ」

ガイドはうなずいた。「ええ、降りました。ふだんはどこにもとまらないんですが、特別な事情があるときは別です。その方たちはオランダ人で、女性のお客さまが気分が悪くなってしまったんです」

口の中がからからに乾いたが、ジェニーは必死に平静を保った。「二人が降りた場所を教えてもらえませんか？　あの子を見つけないと」

「ライデスストラートを過ぎてすぐの場所です。その橋をくぐると、ヘーレングラフトを横切る別の運河とぶつかります。そこに小さな浮き桟橋があるんです。その桟橋に一分ほどとまりました」

「どこなのか、まったくわからないわ」ジェニーは取り乱したが、すぐになんとか分別を取り戻した。「ご親切に、ありがとう。タクシーを拾います」

ジェニーはまた人をかき分け、五分ほどかかって船を降りた。波止場に戻ると、立ちどまって冷静に考えをめぐらした。オリヴァーはたくさんではないけれどお金を持っている。冒険好きな男の子だとはいえ、愚かなまねはしないだろう。タクシーに乗ってここに戻ることさえ考えつくかもしれない。ジェニーはチケット売り場に引き返し、英語がわかる人を見つけた。

「もし赤毛の男の子が来たら、ここで待っているように言ってもらえますか？　私はすぐに戻ってくるからと」ジェニーはもう一度同じ言葉を繰り返した。相手が理解したという確信はなかったが、オリヴァーをさがしに行くために踵を返した。

そのとたん、すぐうしろに立っていたエデュアルトにぶつかり、ジェニーは倒れまいとしてとっさに彼の上着の袖をつかんだ。

「エデュアルト……ああ、よかった、あなたがいてくれて!」口もきかない仲になっていたことも忘れ、ジェニーは思わずそう言っていた。自分がいてほしいときに彼がそばにいるのが、ごく自然なことに思えた。だから震えながらもほほえんだ。恐怖のあまり顔が蒼白になっていることにも気づかずに。「オリヴァーを見失ってしまったの。私がチケットを買っている間に船に乗ってしまって……」そのあとは次から次へと言葉が飛び出したが、半分は意味が通っていなかった。

エデュアルトは上着の袖をつかんでいるジェニーの手をはずした。「じゃあ、オリヴァーがいなくなって一時間以上たつんだな」ひどく冷たいブルーの瞳が彼女をじっと見おろす。「どこへ行ったのかは見当もつかない。君の言っている桟橋へ行き、船を降りたオリヴァーを見ていた人がいないかさがしてみよう。それでわからなければ、警察へ行こう」

エデュアルトはジェニーを促して通りを渡り、タクシー乗り場へ向かった。

彼女を先に乗せ、自分も隣に乗りこんでから、エデュアルトは尋ねた。「オリヴァーはどれくらい金を持っているんだ?」

「二十ギルダーくらいかしら。マーガレットにプレゼントを買うつもりだったから」ジェニーは膝の上で手をきつく組み合わせ、荒れ狂う感情を抑えこんだ。その間にも、小さな男の子が巻きこまれるかもしれない恐ろしい事件が次々と頭に浮かんでいた。

浮き桟橋に着くと、エデュアルトはジェニーを少し離れたところに待たせ、周囲にいる人々に尋ねてまわった。その試みは三度目でうまくいった。

スツールに座ってたばこを吸いながら、身のまわりで起こることを眺めている老人がいた。その老人がオリヴァーのことをはっきり覚えていたのだ。オリヴァーは夫婦らしきカップルとしばらく話していたが、それから女性のほうがある方向を指さした。

するとオリヴァーは陽気に手を振り、雑貨屋とたばこ屋の間の路地に入っていったという。エデュアルトにしつこくそのときのようすをきかれた老人は、男の子はとても楽しそうだったと答えた。決して怖がっているようには見えなかったと。老人が覚えていたのはそこまでだった。エデュアルトは老人に妥当なお礼を渡し、ジェニーのところに戻った。

ジェニーは待ちかねたように言った。「何かわかった？　オリヴァーは無事なの？　いったいどこにいるの？」抑えようとしても唇が震えた。「こんなことになるなんて……」

「今さら後悔しても遅い」エデュアルトが手厳しく言った。「だが、その話はあとにしよう。オリヴァーは向こうの路地に入っていったらしい。店に行くつもりだったんだろう。これからその路地に入って、わきに伸びている通路まで隈なくさがす。君は向こう側、僕はこっち側をさがして、突き当たりで合流するんだ。オリヴァーはころんでいるかもしれないし、途中で迷っているかもしれない。通路の片隅で眠りこんでいることもありうる。だからよくさがすんだ。君は口笛を吹けるかい？」

ジェニーはすぐに彼の言葉の意味を理解した。

「ええ」

「少なくともそれだけは感謝しないと」エデュアルトがそっけなく言った。「もしオリヴァーを見つけたら、長い口笛を一回、短いのを二回吹くんだ。そして、頼むからあの子のそばを離れないでくれ」

ジェニーはもちろんオリヴァーから離れるつもりはなかったが、エデュアルトにいやみを言われても当然だと思った。彼女はおとなしくエデュアルトの隣を歩きだし、少し行くと彼と別れて最初の狭い通路に入り、行きどまりまで進んだ。そこは工場の一部らしく、窓もドアもない壁になっていた。道の両側にはぼろぼろの家が並んでいるが、人が住んでいる気配はない。そこで元の路地に戻り、反対側の通路を調べて戻ってきたエデュアルトと合流し、またすぐに別れて次の通路に入った。

今回は両側が高い壁で、突き当たりには倉庫があり、古い車のいろいろな部品が積まれていた。隅から隅までさがして引き返すと、向こう側の通路にエデュアルトの大きな背中が消えていくのが見えた。

次の通路は曲がりくねっていて、最初は両側に小さな家が並び、そのあとはまた窓もドアもない壁になっていた。半分ほど進んだとき、こちらに向かって歩いてくるオリヴァーの姿が見えた。オリヴァーの両側には少年がいる。二人とも十二、三歳の黒人で、オリヴァーと手をつないでいる。ジェニーは全速力で石畳の道を走りだした。オリヴァーの名前を呼びながら、考えをめぐらす。オリヴァーはここで何をしているの？　あの少年たちは誰なの？　オリヴァーは誘拐されたの？　今やオリヴァーもジェニーの名前を呼んでいたが、足をとめなかった。もし私が行き着く前に少年たちが向きを変えてオリヴァーを連れていってしまったら？　道に落ちているバナナの皮などもちろん目に入らなかった。ジェニーは石畳の上ですべってころび、頭を強く打った。自分が意識を失っていくのがわかった。

しばらくして目を開けたとき、エデュアルトの焼けつくような視線に気づいて、すぐにまた目を閉じた。彼の激しい怒りを受けとめられなかった。だが、彼が憤然と言うのが聞こえた。

「どうして口笛を吹かなかったんだ？　いや、答えなくていい。オリヴァーは無事だ。あの少年たちはオリヴァーに帰り道を教えてくれていたらしい。僕がタクシーを呼んでくる間、ぜったいにここから動かないでくれ」

ジェニーは立ちあがろうとした。「私は本当に大丈夫よ」その声は明らかに震えていた。

「わかっている」エデュアルトが憎らしいほど冷静に言った。「だが、頭を怪我(けが)しているし、意識を失った。自分の足元にもう少し注意を払うべきだぞ」

もう我慢の限界だわ。私は私なりにできることを精いっぱいやったのに、こんなふうに厳しくとがめられるなんて……。「私の欠点を指摘するのはやめて！」ジェニーは怒りをこめて叫んだ。「あなたはいつもそればかり……もううんざりよ」

エデュアルトがジェニーの理解できないオランダ語で何かつぶやいた。頭が痛くなってきて、ジェニーは目を閉じた。エデュアルトの腕が肩から離れ、代わりに小さな手が彼女の手を握る。耳元でオリヴァーの心配そうな声が聞こえた。

「心配させるつもりはなかったんだよ、ジェニー。ママにあげるプレゼントをさがそうと思っただけなんだ。でも、戻ろうとしたら道に迷っちゃって。あの男の子たちはすごくやさしかったよ。教授が今、タクシーを呼びに行ってる」

ジェニーは目を開け、自分をじっと見おろしている小さな顔に向かってほほえんだ。「ええ、坊や」

「怒ってない？　教授は怒らなかったけど」

そのことについては、ジェニーはエデュアルトをすばらしいと思った。彼は子供の気持ちをよくわかっているに違いない。「ええ、怒ってないわ。ただ、あなたのせいでちょっと怖い思いをしたの。あなたがどこへ行ったかわからなかったから。今度は行く前にちゃんと教えてね。そうすれば心配しないわ」

ジェニーは再び目を閉じたが、タクシーが来たと言われると目を開け、壁に寄りかかった。たぶん私は見るに耐えない格好だろう。ころんだときに踵(かかと)を引っかけたせいでワンピースは破れ、身ごろには血の染みが点々とついている。結っていた髪はほどけてしまい、肩の上にだらしなく広がっている。

エデュアルトが身をかがめ、ジェニーを抱きあげた。猛然と抗議したが、無駄だった。彼はまったく耳を貸さずジェニーをタクシーへ運び、助手席にオリヴァーを乗せてから、彼女の隣に乗りこんだ。

「家には帰れないわ」ジェニーはつぶやいた。

「ああ、すぐには。頭の傷の手当てをして、そのあと昼食をとりに行こう。食事をとれば気分もよくなるだろう。家に帰るのはそれからだ」

ふだんなら反論しただろうが、また頭が痛みはじめていて無理だった。それでもジェニーは尋ねた。

「なぜ私たちがこのあたりにいるとわかったの？」

「ドブスから君たちが船に乗ることを聞いたんだ。それに、君は昨日の夕食のときに詳しく予定を話したじゃないか。だが、今はもう黙るんだ。そうすれば頭痛も少しはましになるだろう」

これからどこへ連れていかれるのか、ジェニーはあえて考えなかった。しかし、タクシーが病院の入口にとまったのに気づくと叫んだ。「まあ、病院で診てもらう必要なんてないわ！」

「黙るんだ」エデュアルトはきつく命じてジェニーを車から降ろし、運転手に料金を支払う間も彼女に腕をまわしていた。それからオリヴァーに言った。

「ジェニーの向こう側へ行って手をつないでくれ」

ほんの少し頭を切っただけなのに大騒ぎしすぎると、ジェニーは思った。エデュアルトはここの顧問医だからすぐに対応してもらえたのだろう。ジェニーは椅子に座らされ、彼の厳しい監視のもとで頭の検査を受けた。それから看護師が傷を消毒し、包帯を巻き、髪をとかして整えてくれた。おかげでだいぶ気分がよくなり、看護師と言葉を交わせるようになった。看護師は破傷風の予防注射をして、何も心配することはないとやさしく請け合い、エデュアルトにジェニーを引き渡した。

「大丈夫かい？」エデュアルトはおざなりにきくと、そのひと言で十分だと思っているらしく、ジェニーを促して外に出て、前庭へ向かった。

前庭にはパンサー・デビルがとまっていた。エデュアルトがどこからか取ってきたのだろう。それとも、病院に置いてあったのだろうか？　だったら納得がいく。納得がいかないのは車が向かった方向だった。数分後には、車は運河沿いを走っていた。町を囲む四つの大きな運河のうち最も内側にある半円形の運河だ。町の中心へ向かっているのだから、この道を進んでもデンハーグには着かない。それくらいはジェニーにもわかった。エデュアルトは昼食の話をしていたから、たぶんお気に入りのレストランがあるのだろう。ジェニーは急に空腹を覚えたが、すぐに自分がどんな格好をしているか思い出した。これでは人前には出られない。でも、男性はそういう重要な問題を無視するものだ。

だが、エデュアルトは無視しなかった。優雅な屋敷や小さな店が並ぶ狭い通りに入り、ある店の前で車をとめた。そして車を降り、オリヴァーが安全に歩道に立ったのを確認してから後部座席のドアを開けた。「服を買う気になれそうかい？」軽い口調で尋ねた。「そんな服では食事ができないだろう」

ジェニーは体をこわばらせた。ついこの前、私は〝そんな服〟のために大金を払ったのよ。でも、今はその服が目も当てられない状態なのは認めざるをえない。ジェニーはエデュアルトに付き添われ、しぶしぶ店に入った。とても洗練された店だ。そもそも彼はなぜこんな店を知っているのだろう？　店員の女性とも顔見知りのようだ。

店員はエデュアルトとにこやかに言葉を交わしてから、見事な英語に切り替えて言った。「お客さまにぴったりの服がありますわ。今着ていらっしゃるワンピースほど鮮やかなブルーではありませんが、とても上品なお品です」店員はにっこりして、ジェニーを試着室へ案内した。

すてきなワンピースだった。かすかに緑がかったブルーのジャージーで、袖はゆったりとし、胸元は大きく開いていて、下に着るもっと淡いブルーのシルクのブラウスがついている。サイズもぴったりだったが、値段をきくと、店員は急に英語が通じなくなった。ジェニーはしかたなくエデュアルトに尋ねた。すると彼はジェニーをじっと見つめ、それから言った。「僕は気に入った。それにしよう。金はあとで払ってくれればいい」

そして、ジェニーの返事も待たずにそのワンピースを買った。車に戻る途中で彼女は礼を言ったが、エデュアルトは無造作にうなずいただけだった。

「さあ、次は昼食だ」

エデュアルトはすばやく車をUターンさせ、シンヘル運河に戻った。だが、すぐに運河を離れて両側に細長い家が並ぶ静かな並木道に入った。どの家も二段の階段の先に大きくて立派な玄関のドアがある。通りの真ん中を水路が流れ、両岸の柳の木が風に吹かれてさらさら音をたてていた。はるか昔から変わっていないかのような魅力的な風景だ。

「なんて平和な風景なの！」ジェニーは思わず声をあげた。やがてエデュアルトが立ち並ぶ屋敷の中の一軒の前で車をとめると、いぶかしげに彼を見た。

「僕の両親の家だ」エデュアルトはそう言って車を降り、ジェニーとオリヴァーが降りるのに手を貸した。「君たちを昼食に招待できたら、両親は喜ぶだろう」

「まあ」ジェニーは思わず声をもらしてから、必死に頭を働かせてほかに言うべき言葉を考えた。この場にふさわしい礼儀正しい言葉を。あいにく何も思いつかず、しかたなく言った。「驚いたわ」

「なぜだい？」

二人は煉瓦（れんが）敷きの歩道を横切り、そのわきでオリヴァーが跳びはねていた。「思ってもみなかったの……あなたは今まで家族の話をしたことなんてなかったし……」

「話していないことはまだたくさんあるよ」エデュアルトがいつものからかうような笑みを浮かべるのを見て、ジェニーは顔をしかめて視線をそらした。

エデュアルトが真鍮(しんちゅう)のノッカーを鳴らすと、黒い制服姿の年配の女性がドアを開けた。すらりとしたその女性は彼を温かく迎え、ジェニーとオリヴァーにほほえみかけて、小さな玄関ホールの奥にあるドアを手ぶりで示した。ドアへ向かう途中、ふと気づくとジェニーの肘にはエデュアルトの大きな手が添えられていた。彼のもう一方の手にはオリヴァーがしがみついている。午前中の出来事が現実ではないような気がするのは頭を打ったせいだろうと、ジェニーは思った。まるで、したいことができない夢の中にいるような気分だ。エデュアルトは私にひと言の断りもなく事を運んだ。もちろん私一人では何もできはしなかったけれど。

オリヴァーがいないとわかったときの恐怖を思い出し、急に気分が悪くなった。たぶんそれが顔に出たのだろう、思いがけずエデュアルトが尋ねた。

「大丈夫かい？ 横になったほうがいいかな？」

「いいえ。ありがとう」ジェニーはまじめな顔で彼を見た。「私のことを怒っているんでしょうね？」

エデュアルトも真顔になった。「ああ、だが、君が思っているような理由からではないよ。それに、今はこんな話をするのに時間も場所もふさわしくない」

エデュアルトはドアを開け、わきに寄ってジェニーを通した。その細長い部屋は天井が高く、両端に大きな窓があった。板張りの壁には絵がかかっていて、磨きあげられた木の床に見事なシルクの絨毯(じゅうたん)が敷かれている。家具は重厚で、大きな椅子は座り心地がよさそうだ。部屋には息子と同じくらい大柄な白髪頭の男性と、美しい顔立ちで、髪にわずかに白いものが交じった小柄でふっくらした女性がいた。夫よりもだいぶ若く見え、身なりはとても上品だ。彼女は急いで部屋を横切ってきて息子を抱きしめてから、ジェニーとオリヴァーに心のこもった挨拶をした。ジェニーはすぐにエデュアルトの母親に好意を抱いた。同じく父親にも。ブルーの瞳を輝かせてゆったりとほほえむ彼のおかげで、たちまち緊張が解けた。エデュアルトはジェニーをソファに促し、自分も隣に腰を下ろしてから、二人の間にオリヴァーを座らせた。

しばらく気楽で楽しい会話を交わしたあと、エデュアルトは母親に尋ねた。「昼食をもう三人分ふやしてほしいとトルースに言ってきましょうか？」
ジェニーはあわてて言った。「まあ、どうかお気遣いなく。ご親切はうれしいのですが――」

エデュアルトは取り合わず、彼の母親はジェニーに向かってやさしくほほえみ、最後に父親が言った。
「ぜひとも昼食までいてほしい。君とオリヴァーに会えてうれしいんだ。君たちの話はいろいろ聞いている。それに、私と妻はあまり外に出る機会がなくてね。年寄りとしばらく一緒に過ごしてもらえないだろうか？」

なんて感じのいい人かしら。この人の息子もあと三十年くらいしたらこうなるの？　それとも……。ジェニーはすばやくまばたきをして現実に戻り、ぜひ一緒に過ごさせてほしいと言った。

数時間後、ジェニーはエデュアルトのパンサーの後部座席に一人で座り、この午後について考えをめぐらしていた。とても楽しい時間だった。エデュアルトは気むずかしくて傲慢だけれど、今日は彼の違う一面を知ることができた。昼食は落ち着いた雰囲気の食堂でとった。オリヴァーは行儀よくしていたし、料理はとてもおいしかった。ジェニーは自分のレモネードを半分オリヴァーに分けた。頭に怪我(けが)をしたあと、刺激のあるものをとりすぎるとまた頭痛がひどくなるかもしれないと、エデュアルトに忠告されたからだ。ジェニーが素直にうなずくと、彼は驚いた顔をしていた。今回はからかうような笑みも浮かべなかった。

ジェニーはエデュアルトの後頭部を見つめ、こんな角度から見ても彼はとてもすてきだと思った。しかし、エデュアルトが自分に腹を立てていたことを思い出すと体が震えた。私が回復するまでは抑えていても、そのあとは激しい怒りをまともにぶつけてくるだろう。でも、今くよくよ考えてもしかたがないわ。ジェニーは目を閉じた。やがて再び開けたとき、車は屋敷に着いたところだった。

車を降りて家の中に入りながら、ジェニーは尋ねた。「なぜあなたのご両親はここに住まないの？　家族で住むのにふさわしい家なのに」

エデュアルトが足をとめて答えた。「そうだな。だが、二人はもう年を取っているから、向こうに住むほうが便利なんだ。それに、この家は結婚して家族のいる男性にふさわしい」

ジェニーの周囲の世界がぐらりと揺れた。「あなたはやっぱり結婚しているのね。家族がいて……」

エデュアルトの瞳に躍る光に、ジェニーは気づかなかった。「いや、まだだ」彼はさらりと答え、ジェニーのためにドアを開けて押さえた。「君は自分の部屋で少し横になったほうがいい。オリヴァーの面倒は僕が見るよ」

「でも、ベス伯母さまが……」

「僕にまかせてくれ。さあ、二階に上がるんだ」

ジェニーは言われたとおり自分の部屋へ行き、すぐに眠った。そして二時間ほどして目を覚ましたが、さっきエデュアルトが口にした言葉のせいで心をかき乱され、せっかくの休息もまるで役に立たなかった。新鮮な空気を吸えば頭がすっきりして、いつもの分別ある自分を取り戻せるかもしれない。ジェニーはベッドを出ると、すばやく身支度をして階下に下りた。通用口から庭へ出ようとドアを開けたところで、背後からエデュアルトの声が聞こえた。

「おや、そこにいたのか。逃げ出そうとして……」

ジェニーはたちまちいきりたった。「違うわ、ちょっと庭を散歩しようと思っただけよ」

エデュアルトが愉快そうに言った。「君には本当にやきもきさせられるな！」

エデュアルトがノブからジェニーの手をはずし、ドアを閉めた。ジェニーは身構えた。とうとう怒りを爆発させて、オリヴァーのことで私を非難するつもりね。彼女はエデュアルトと目を合わせ、威勢よく言った。「いいわ、あなたは私を責めたくてしかたがないのね？　でも、その必要はないわ！　ほんの一秒でもあの子から目を離してはいけなかったのはよくわかっているから。わざわざ教えてくれなくてもけっこうよ」

「そんなつもりはなかったよ」エデュアルトが穏やかに言った。

「嘘よ、そうするつもりだったくせに！」ジェニーは怒りに駆られ、今や頬を紅潮させていた。「あなたは怒り狂っていたわ……でも、頭を打って気を失っていたのに、どうやって口笛を吹けたというの？　なのに、あなたは私をののしって……」涙があふれそうになり、それ以上続けられなかった。「あなたなんて大嫌い！」

ジェニーは憤然と言い放ち、自分の部屋へ駆けあがった。その日はもう一歩も部屋から出ず、ドアを閉めたまま頭が痛いと伯母に言い訳し、届けられた食事も受け取らなかった。空腹と悲しみのせいで、彼女はみじめな一夜を過ごした。

8

翌朝、青ざめて目の腫れた自分の顔を見て、ジェニーはいやけが差した。ぞっとするほどみじめな顔だ。どんな化粧でもこの赤みがかった鼻や充血した目は隠せないだろう。朝食の席にオリヴァーしかいないのがありがたかった。階下へ下りたとき、エデュアルトはちょうど出かけるところで、静かにおはようとだけ言って出ていった。

しかし、伯母は違った。ベッドで朝食をとりながらジェニーをしげしげと見て言った。「ずいぶん泣いたようね、ジャネット。理由を知りたいわ。昨日のオリヴァーのささやかな冒険のことでまだくよくよしているなら、もう忘れなさい。誰もあなたのせいだなんて思っていないわ」

「いいえ、思っているわ」ジェニーは声を張りあげた。「ファン・ドラーク教授の態度は本当にひどかったの。伯母さまは知らないのよ。オランダになんか来なければよかった。そもそも私ではなくマーガレットが来ていれば、彼ももっと機嫌がよかったでしょうに」

伯母はトーストに丁寧にバターを塗った。「あなたはエデュアルトがマーガレットに恋していると思っているの？」

「だってオリヴァーが言っていたもの。それに、デイムワース・ハウスで二人はいつも一緒にいたし。教授にとっては、マーガレットではなくて私がここにいるのは腹立たしいことなのよ。彼はきっと、今まで女性と付き合う機会があまりなかったんだわ」

「機会はおおいにあったはずよ。彼はお金持ちで、成功していて、ハンサムだもの。どれもマーガレットが人生において重要だと思っていることよ。でも、あなたの言いたいことはわかったわ」伯母は考えこむような、そして少しずるそうな顔をした。「とはいえ、こんな話をしていても意味がないわね。私たちはもうすぐイギリスへ帰るんだもの。さて、もうベッドを出るから、ドライブに行きましょう。スヘフェニンゲンがいいかしら？　そこで昼食をとって、オリヴァーに買い物をさせてあげないと」伯母は朝食ののったベッドテーブルを押しやった。「さあ、行って、ジェニー。私の支度ができるまでオリヴァーの相手をしてやってちょうだい」

ジェニーが出ていってしばらくしてから、ミス・クリードはベッドわきの受話器を持ちあげ、イギリスに電話をかけた。

スヘフェニンゲンは楽しかったが、ジェニーは何を見てもエデュアルトの顔を思い出し、陰鬱な気分になった。もしこれが恋の病なら、治療法を見つけるのは早ければ早いほどいいわ。

三人はクアハウスで昼食をとった。そのあと伯母が車の中で休んでいる間に、ジェニーとオリヴァーはマーガレットへのプレゼントを買いに行った。

たくさんの品物の中からオリヴァーが選んだのは、派手で安っぽいテーブルランプだった。民族衣装を着たオランダの女の子をかたどっていて、ボタンを押すと《スコットランドの釣鐘草》が流れる。オリヴァーが持っていたお金では足りず、ジェニーはお金を貸してやったが、内心マーガレットの反応が心配だった。もっとも、オリヴァーがすばらしい贈り物だと思っているのはマーガレットもわかるはずだから、気に入ったふりくらいしてくれるだろう。

二人は車に戻り、包みを開けて伯母にランプを見せた。伯母は無表情にランプを見つめていたが、やがてやさしく言った。「とてもすてきなプレゼントね。自分で選んだの？」そして、意外にもオリヴァーにキスをした。「賢い子ね！　さあ、ソレンダイク邸へ戻って紅茶を飲みましょう」

ジェニーとオリヴァーが応接室で再びランプから騒がしい音楽を流しているときに、エデュアルトが帰ってきた。彼は恐ろしい形相でドアを開けた。

「いったい何が……」鋭く言いかけたが、すぐに事情を察して言葉を切った。ジェニーは彼を抱きしめたくなった。「ずいぶん珍しいものをさがしてきたね、オリヴァー。お母さんへのプレゼントかい？」

オリヴァーが心配そうに尋ねた。「教授は気に入った？　僕が選んだんだよ。ママは気に入るはずだってジェニーは言うんだけど。僕がママのために特別に見つけたものだからって」

「ジェニーの言うとおりだよ。愛する人のために選んだプレゼントは、二倍の価値があるんだ。もう一度音楽を聴かせてくれるかい？」

エデュアルトはオリヴァーの隣に膝をつき、《スコットランドの釣鐘草》に耳を傾けた。やがて曲が終わると、やっとジェニーに話しかけた。「今日はいい一日だったかい？」どこか堅苦しい口調だった。

「ええ、ありがとう。ベス伯母さまも楽しそうだったわ。今は休んでいるの」ジェニーも同じように堅苦しく答え、付け加えた。「あなたもいい一日を過ごしたんでしょうね」

「そうでもなかったよ」エデュアルトはブルーの瞳でジェニーをちらりと見てから立ちあがった。「いくつか片づけなくてはならないことがあるんだ。また夕食のときに会おう」そこで身をかがめ、オリヴァーの髪をくしゃくしゃにした。「七時までにベッドに入ったら、おやすみを言いに行くよ」

エデュアルトが出ていくと、オリヴァーが言った。

「教授って最高だね、ジェニー」

「そうね、オリヴァー」決して自分の気持ちを知ることはない相手になら、あっさり事実を認めることができる。「さあ、ベッドに入るなら、そのランプをもう一度包んで、階上に上がりましょう。途中でベス伯母さまにおやすみを言わないと」

その夜、ジェニーはクルーズのときに着たピンクのワンピースを身につけた。ふだん自惚れとは無縁でも、そのワンピースを着ると自分がすてきに見えることはわかっていた。髪を巻き、結ってまとめるのには時間がかかったが、その価値は十分あった。

ジェニーは顎を上げ、小声でハミングしながら階段へ向かった。念入りに身支度をした私を見てくれる人が誰もいないのは残念だわ。そう思いながらダンスのステップを踏むように階段を下りていき、ふいに足をとめた。見ている人がいたのだ。薄暗い壁際のクッション用戸棚に、エデュアルトが寄りかかっていた。彼は前に進み出て、階段のいちばん下でジェニーを待ち受けた。

「僕が見ているからといって立ちどまらないでくれ」懇願するように言った。

ジェニーは残りの階段を駆けおりたが、いらだって足元を見ていなかったせいで最後の段でつまずいた。エデュアルトが手を伸ばして支えてくれた。彼の楽しげな含み笑いを聞き、ジェニーは歯噛みした。

「待ち伏せしていたのね！」

「ああ、そうだよ」エデュアルトが言った。

ジェニーはあんぐりと口を開けて彼を見あげた。それからようやく言った。「なぜ？」

エデュアルトの腕はさっき支えてくれたときのまま、肩にまわされていた。ジェニーはその腕に力がこもるのを感じた。「アーロン・ヒルの忠告に従うつもりだから。刺を恐れずに思いきってつかめという忠告に」

「私は刺草じゃないわ」ジェニーは抗議した。

すると、エデュアルトがほほえんだ。その笑顔を見て、ジェニーの心臓の鼓動は速まった。「そうだな。君はシルクのように柔らかい……」そのとき玄関のノッカーが激しく鳴らされ、彼は言葉を切った。しかし、ジェニーを放してドアを開けには行かず、ハンスが応対に出るのを待った。

まるで芝居のように華麗にマーガレットが登場した。ジェニーが呆然としている間にエデュアルトは肩にまわしていた腕を下ろし、玄関へ向かった。

マーガレットが絶妙のタイミングで叫んだ。「ああ、エデュアルト……心配でたまらなかったわ！私のかわいい息子が誘拐されて……」そこで態度をがらりと変え、ジェニーのほうを見た。「まったく、あなたを見損なったわ、ジェニー。オリヴァーを大事にしてくれていると信じていたのに。あんな無力な小さな男の子を独りぼっちにするなんて……」

ジェニーは二歩前に出た。「なんの話をしているの、マーガレット？」そして、うっかり付け加えた。「誰からその話を聞いたの？」

「じゃあ、否定しないのね！」マーガレットはエデュアルトのほうに向き直り、上着の袖を引っぱった。「君に会えるとは思いがけない喜びだ、マーガレット」エデュアルトが言い、上着をつかむ彼女の手をやさしくはずした。「だが、話がよくわからないな。オリヴァーは無事で、とても元気だよ。そうでなければすぐに君に知らせていただろう」

マーガレットはジェニーの知る中で唯一、見苦しく顔をゆがめずに自在に涙を浮かべることのできる女性だった。そして今、彼女は潤んだ目でエデュアルトを見あげた。「ジェニーをかばうために、私に知らせなかったのね。わかっているわ、あなたは困っている人を助けずにいられないから……」

エデュアルトの顔を何かがよぎった。少し離れた場所にいたジェニーには、その感情が何かわからなかった。歓喜、怒り……でも、そんなことはどうでもいい。ジェニーはマーガレットに向かって淡々と言った。「あなたがなぜここに来たのかわからないけれど、そんな必要はなかったのに。オリヴァーはアムステルダムで私とはぐれてしまったの。でも、危険な目にはあわなかったし、しばらくして見つかったのよ。もちろん怪我一つなかったわ」そこでエデュアルトを見た。「そうよね？」

「ああ、そのとおりだ。誰からオリヴァーの話を聞いたんだい、マーガレット？」

「ベス伯母さまよ。今朝早く電話してきたの。それで私はトビーにガトウィックまで送ってもらって、いちばん早い飛行機に乗ったのよ。外にタクシーが待っているから、料金を払ってもらえる？」

彫像のように背後に控えているハンスに向かって、エデュアルトがうなずいた。ハンスは静かに外へ出ていき、まもなくスーツケースを二つ持って戻ってきた。

エデュアルトは無表情な顔で荷物を一瞥した。

「空いている客室へ運んでくれるかい、ハンス？それからヘニーに頼んで、オリヴァーがまだ起きているか見てきてもらってくれ。起きていればマーガレットに会いたがるだろう」それからマーガレットのほうに向き直った。「応接室へ行こう。何があったのか僕たちが説明する間、飲み物を飲むといい。ミス・クリードもそのうち下りてくるだろう」マーガレットを促してホールを横切りながら、エデュアルトは言い添えた。「君も来るんだ、ジェニー」

応接室へ行くと、マーガレットは優雅に椅子に腰を下ろして部屋を見まわした。「この家を見たくてたまらなかったの」そうつぶやいてから、尋ねた。「誰か私の荷ほどきをしてくれるかしら？　夕食のために着替えないと。私は支度が早いから、ほんの少し夕食を遅らせてくれればいいわ」

マーガレットに夢中になっているせいか、あるいは生来の礼儀正しさのせいか、エデュアルトが即座に言った。「もちろん夕食は遅らせる。だが、まずはオリヴァーに会ってくれ。そうすれば君も安心できるだろう」

エデュアルトは大きな暖炉を背にして立ち、ジェニーはドアのほうに向いた椅子に座っていた。まもなくそのドアがばたんと開き、ガウンを着てスリッパをはいたオリヴァーがプレゼントを持って駆けこんできた。

「ママ！」オリヴァーが叫んだ。「どうしてここにいるの？ 僕を連れて帰るために来たんじゃないよね？ ここはとても楽しいんだ！」そしてしばらくの間、おとなしく母親に抱きしめられていたが、それから持っていた包みを母親の膝にのせた。「ママにプレゼントを買ったの。僕が選んだんだよ」

マーガレットはたいして興味がなさそうに包みに目をやった。「すてきね、坊や。あとで開けるわ」

「今開けて、ママ、お願い」オリヴァーが懇願した。

母親が包みを開けるのを手伝い、ランプが現れると、オリヴァーはすかさずボタンを押した。そして一歩下がり、騒々しい音楽を聴きながら誇らしげに小さな胸をふくらませた。ところが、マーガレットは荒々しくランプを押しやった。ランプは床に落ち、音楽がやんだ。「すてきね、坊や。でも、これを私にどうしろというの？」

オリヴァーは蒼白（そうはく）になり、目を大きく見開いた。涙をこらえ、口を固く引き結んでいる。「ママが壊しちゃった。気に入らなかったんだ……」

オリヴァーは母親に背を向け、ジェニーのスカートに顔をうずめた。ジェニーはやさしくなだめた。「わざと落としたわけじゃないわ。ママは疲れているのよ。あなたに会うためにこんな遠くまで急いでやってきたんだもの。さあ、ランプを拾って、明日、直してくれる人を見つけましょう。きっと新品同様になって、もう一度ママにプレゼントできるわ」

オリヴァーは小さな唇を震わせ、ジェニーを見つめた。「ぜったい？」

「ええ、ぜったいよ」ジェニーは何か言ってほしいと思いながらエデュアルトを見た。

「そういうものを上手に直せる人を知っている。明日そこへ持っていって、頼んでみよう」エデュアルトは身をかがめ、ランプを拾った。「ほら、無事だ。音楽が鳴らないだけだよ」そしてオリヴァーに向かってほほえんだ。彼のやさしく穏やかな笑顔を見て、ジェニーの心はかき乱された。

オリヴァーが安心したようにうなずいた。それからジェニーにそっと背中を押され、黙りこんでいる母親のところへ行って頬にキスをした。「ママが疲れているって知らなかったんだ」少年は再び母親にされるがまま、おとなしく抱きしめられていた。

しばらくしてエデュアルトが声をかけた。「そろそろベッドに入ったらどうだい、オリヴァー？」

オリヴァーはうなずき、おやすみなさいと言った。しかし、ドア口で振り返り、あとで部屋へ来て毛布をかけてほしいとジェニーに頼んだ。

五分後、ジェニーが部屋へ行くと、オリヴァーはベッドの中で泣いていた。なだめるのに十分、寝かせるのにさらに十分かかった。そのあと階下に下りながら、このまま自分の部屋に戻って朝まで眠ってしまえたらいいのにと思った。同時に、なぜ伯母はマーガレットに電話したのかといぶかしんだ。どうしてマーガレットが急いでオランダに来るようなことを言ったのだろう？　まるでオリヴァーが危険きわまりない目にあったかのように。でも、マーガレットがそれを言い訳に利用しただけかもしれない。そもそも彼女は最初からここに来たかったのだし、オリヴァーを心配していたにせよ、いなかったにせよ、出発前に大きなスーツケース二つに荷物をつめる時間はあったのだ。

エデュアルトはまだ応接室にいて、落ち着き払ったようすでグラスを手にしていた。伯母も一緒だ。

「オリヴァーは少し動揺していたわ」グラスを受け取って伯母のそばに座ると、ジェニーは言った。「どうしてマーガレットに話したの、伯母さま？」

　伯母は首から下げているたくさんのチェーンの中から柄付き眼鏡をさがし出し、ジェニーに向けてかざした。「私を批判するつもりなの、ジャネット？　話のついでにちょっとその話題に触れただけよ。マーガレットが私の言うことを勝手にゆがめて解釈したんだもの、私のせいじゃないわ。でも、エデュアルトがとても上手に説明してくれたから、昨日のことはあなたの責任ではないとマーガレットもよくわかったはずよ。ところで、そのワンピースはすてきね。そう思わない、エデュアルト？」

「とても魅力的だ」エデュアルトがそっけなくつぶやいた。

　ほんの三十分前は、〝君はシルクのように柔らかい〟なんて言ったくせに。ジェニーは心の中でつぶやき、エデュアルトのほうを見ないようにして礼儀正しく会話を交わした。やがてブルーのシフォンのワンピースを着たマーガレットが現れ、待たせてごめんなさいと優雅に言いながら、エデュアルトからグラスを受け取った。彼女の笑顔を見ると怒りがこみあげてきて、ジェニーは尋ねた。「オリヴァーは眠っていた？」

　マーガレットはジェニーのほうに顔を向けた。

「知らないわ。見てこなかったから」そしてにっこりした。ついさっき息子を放っておいたとジェニーを非難したのに、もう忘れているようだ。エデュアルトの腕に手をかけ、かわいらしく言った。「私、おなかがぺこぺこなの！」

　その夜はもちろんマーガレットが主役だった。伯母は驚くほど口数が少なく、ジェニーは話しかけられれば会話に加わったものの、自ら話題の中心になろうとはしなかった。エデュアルトもあまり話さなかったが、マーガレットを熱心に見つめていた。オランダの名所を観光したいと彼女が言うと、車で案内しようと申し出た。マーガレットに夢中なのだと、ジェニーは悲しい気持ちで思い、一瞬、さっきの玄関ホールでの出来事を思い出した。あのときはエデュアルトと二人きりで……でも、今はマーガレットがいる。エデュアルトは気晴らしにあんなくだらない刺草の話をしたのだろう。

伯母は外出したせいで思ったよりも疲れたと言い、夕食のあとすぐにベッドに入りたがった。「あなたも来てちょうだい、ジェニー」

ジェニーは喜んで伯母と一緒に階上へ上がった。このあともずっとエデュアルトとマーガレットと同じ部屋で過ごすなんて耐えられない。自分の部屋で、二人は何を語り合っているのかと考えをめぐらしているほうがまだましだろう。

驚いたことに、エデュアルトは翌日の朝食の席で、自分とマーガレットと一緒にライデンへ行かないかとジェニーを誘った。オリヴァーも一緒だというので、ジェニーは誘いを受けたかった。だが、マーガレットがにこやかにほほえみながら、オリヴァーのおしゃべりには耐えられないと哀れっぽく訴えた。

「あの子の話を聞いていると頭が痛くなるの」

だからジェニーは誘いを断り、オリヴァーと一緒に家に残ることにした。することはたくさんあるし、オランダを離れる前に行ってみたい場所もあるからと説明して。そして穏やかに言った。「じゃあ、かまわなければ私たちはもう行くわ。オリヴァー、ベス伯母さまのところへ行って、ドブスの車で出かけてもいいかきいてみましょう」

「ガレージに誰も乗っていないミニがある。それを使ったらどうだい？」エデュアルトが提案し、手紙をかき集めながら、ジェニーを見ずに続けた。「それでライデンまで行って、僕たちと一緒に昼食をとろう」

「ご親切に。でも、私たちは前からアルクマールへ行ってみたかったの。今日はチーズの市が立つ日で、オリヴァーがそれを見たがっているのよ」

「そうか」エデュアルトは無造作に言った。「だったらミニでアルクマールへ行けばいい」

「教授とママはどこへ行くの?」オリヴァーが尋ねた。

「そうだな、熱帯美術館とピルグリムファーザーズ・ハウス、それにアンティーク美術館へ行こう」

「チーズのほうがおもしろそう」

エデュアルトは何も言わずにほほえんだ。

ジェニーとオリヴァーがアルクマールへ一緒に行かないかと誘うと、伯母はきっぱりと断った。「観光客ばかりよ」伯母は鼻を鳴らした。「二人で行ってらっしゃい。私はドブスとデンハーグへ行って最後の買い物をしてくるから。いつイギリスに帰るかは今日じゅうに決めるわ、ジャネット」

「ママも僕たちと一緒に帰るの?」オリヴァーがふいに尋ねた。

伯母がいぶかしげに彼を見た。「なぜそんなことをきくの、オリヴァー?」

「ママは教授と結婚するって言ってた。もしそうなったら、僕はどこへ行くの?」ひどく心細そうな顔を見て、ジェニーは思わずオリヴァーを抱きしめた。

「もちろんママと一緒よ。そうよね、伯母さま?」

しかし、伯母が口を開く前にオリヴァーが抗議した。「でも、僕は教授にパパになってほしくない。教授は友達だもん。教授がジェニーと結婚すれば、僕はここへ遊びに来られるのに」

ジェニーはうっすらと頬を染めたが、冷静に言った。「そういうわけにはいかないわ、オリヴァー。

結婚したいのはママと教授なんですもの」

「顔が真っ赤だよ」オリヴァーがジェニーをじっと見て言った。

「あなたを抱きしめていたせいで息が苦しくなったのよ。さあ、伯母さまに挨拶して、ミニを借りに行きましょう」

二人がガレージに行ったときにはもうパンサー・デビルはなかった。二人を見て、ドブスが言った。

「ミニの準備はできていますよ、ミス・ジェニー」

ジェニーはさっそくオリヴァーを助手席に乗せ、アルクマールへ向けて出発した。

アルクマールには見るべきものがたくさんあった。まだチーズの市が立つ前に着いたので、二人は店のウインドーをのぞきながらメインストリートをぶらぶら歩き、ほかの観光客に交じって時計塔のまわりを動く仕掛け人形を見物した。それがとても気に入ったオリヴァーは、あとで戻ってきてもう一度見ることを約束すると、ようやくチーズ市へ行くことを承知した。

チーズ市では派手なかんかん帽をかぶった白い服の運搬係がチーズののった巨大なトレイを運んでいた。オリヴァーはすっかり心を奪われたようすだった。二人は午前中ずっとそこで過ごし、チーズの味見をしたり、カラフルな絵はがきを買ったり、イギリスやアメリカから来た観光客と話をしたりした。

そのあと、アムステルダム中央駅の駅前広場にあるレストランで昼食をとった。栄養バランスはよくないだろうが、マスタードピクルスの添えられたフライドポテトの大好きなオリヴァーくらいの年の子供にとっては大満足の食事だったろう。しかも食後にはホイップクリームが添えられたアイスクリームまで運ばれてきた。昼食をすませると、二人はのんびり歩きながら、壁にいまだにスペイン占領時代の砲弾の跡が残る屋敷を見に行くか、時計塔の仕掛け人形をもう一度見に行くか相談した。そして、砲弾跡の残る家へ行くことに決めた。

小さな町だからその家はすぐに見つかり、二人は入場料を払って狭い階段をのぼっていった。各階に二つか三つずつ部屋があり、家具は当時のものがそのまま置かれていた。オリヴァーは大喜びで部屋を探検して歩き、ジェニーにあれもこれも見せたがった。

「チーズ市、そして次はこの家！」少年は有頂天になって叫ぶと、小さな踊り場まで行って、手すり越しに階段の下をのぞいた。「誰か上がってくるよ」ジェニーに知らせたあと、大声をあげた。「ファン・ドラーク教授！　教授もここに来るつもりだったの？　どうして僕たちがここにいるってわかったの？　ママはどこ？」

「僕の家にいるよ」エデュアルトが踊り場まで上がってくると、ジェニーもさすがに知らん顔はできなかった。

見ていた揺り籠から目を離さず、ジェニーは尋ねた。「マーガレットは来たくないと言ったんでしょう？」

エデュアルトはジェニーのすぐわきに立った。

「ああ……まあね」ジェニーがついに視線を向けると、エデュアルトは尊大そうに彼女を見おろした。

「この町に僕の患者がいて、そのかかりつけ医に会うことになっていたのを思い出したんだ。だが、マーガレットは僕の患者には興味がない」そして、穏やかにつけ加えた。「午前中はライデンで楽しく過ごしたよ」

「それで、かかりつけ医には会ったの？」ジェニーは話をそらさずに尋ねた。

「ああ。午後の診察が始まる前にね」

「マーガレットとの外出を早めに切りあげなくてはならなくて、残念だったわね」

「彼女は十分ライデンを満喫したと思うよ。昼食も向こうでとったんだ」エデュアルトはほほえんだ。

「実に魅力的で美しい女性だな」

だったらなぜさっさと家に戻らないの？　そんな言葉が舌先まで出かかったが、ジェニーはただこう言った。「ええ、彼女は本当に美しいわ」

二人が話している間、周囲をうろうろしていたオリヴァーは、もう全部見たから階下に下りると言い、期待をこめて尋ねた。「アイスクリームを食べてもいいでしょ？」

「お昼を食べたばかりじゃないの」ジェニーがつい不機嫌そうに言うと、オリヴァーは驚いた顔をした。

エデュアルトがすぐに口をはさんだ。「コーヒーとレモネードはどうだい？　この近くにいい店があるんだ」

ジェニーはもう一度エデュアルトを追い払おうとした。「戻らなくていいの？　つまり、診なくてはならない患者はもういないの？」

エデュアルトが厳しいまなざしを向けた。「僕はめったにない自由な一日を楽しんでいるんだ」

「あら、ごめんなさい」ジェニーはたちまち恥ずかしくなり、自己嫌悪に陥った。「不愉快な思いをさせるつもりはなかったの。ねえ、オリヴァーを一緒に連れていったらどう？　私は一人でぶらぶらするから」

エデュアルトがふいにほほえんだ。その笑顔を見て、ジェニーは心まで温かくなった。「ああ、ジェニー、君はなんてかわいいんだ。どうして僕たちはもっと早く出会わなかったんだろう？」

ジェニーは言葉を失い、立ち尽くした。結局のところ、エデュアルトは私のことが好きなのだ。いいえ、それ以上かもしれない。でも、彼はマーガレットを愛している。少なくともマーガレットはそう言っていた。エデュアルトと結婚するつもりだと。エデュアルトは彼女と喧嘩をして、気分転換にここへ来たのだろう。ジェニーは落ち着いた声で言った。「コーヒーを飲みに行きましょう。それからオリヴァーに次に何をしたいか決めさせればいいわ」熱心に自分を見つめているエデュアルトのブルーの瞳に向かって、彼女はほほえんだ。「なんといっても今日はあの子のための一日だから」

「僕のための一日でもある」エデュアルトが考えこむように言った。

三人は気ままな午後を過ごした。メインストリートから少し引っこんだ場所で祭りが開かれていて、出し物を一つ一つ見物し、飽きると屋台を見てまわった。ジェニーとオリヴァーが大きなアイスクリームをなめている間、エデュアルトは満足げにパイプをくゆらせていた。だが、射的場に来ると腕試しをして、犬のぬいぐるみを手に入れた。ぞっとするような鮮やかなブルーの毛のぬいぐるみだったが、オリヴァーは気に入った。エデュアルトは〝公平を期すために〟と言って、ジェニーにはビーズのネックレスを買ってくれた。彼女はそれを首にかけ、長いこといとおしげに見つめた。そして、死ぬまでこの派手なネックレスを大切に取っておこうと思った。

オリヴァーが古風なメリーゴーラウンドに乗っているのを並んで見ていたとき、エデュアルトがふいに言った。「君は嘘をついていたんだろう?」彼に何度か嘘をついているジェニーは、用心深い目を向けた。「僕のことが嫌いなのかと尋ねたとき、君はそうだと答えた。だが、本当はそうじゃなかった……今もそうじゃない。違うかい?」

周囲のお祭りムードのせいだろうか、あるいはエデュアルトと一緒にいる興奮で頭がまともに働かないせいだろうか、ジェニーは向こう見ずに答えた。「ええ、そうじゃないわ。あなたのことは嫌いじゃない。でも、最初は嫌いだったの。だって、あなたはとても傲慢で……今はもう慣れたけれど」

　エデュアルトの目がジェニーの顔をじっと見すえた。「僕は若くない。たぶん結婚するには年を取りすぎているだろうな」

「何を言うの」ジェニーはやさしく諭した。「年を取りすぎてなんかいないわ。そもそもマーガレットだって三十歳なのよ。あなたと十歳しか違わないわ」

「マーガレット？」

　エデュアルトの声に皮肉めいた響きを聞き取り、ジェニーはあわてて言った。「彼女は美人だから、もっと若く見えるでしょうね。大きな屋敷の切り盛りもなかなか上手なのよ。今は両親と一緒にスコットランドに住んでいるから、ディムワース・ハウスは伯母が取り仕切っているけれど」

「僕を勇気づけてくれているのかい、ジェニー？」

　ジェニーはエデュアルトのほうを見なかった。もし見たら何を言ってしまうかわからなかった。「勇気づける必要なんてないでしょう。でも、妻と子供を持つには自分は年を取りすぎているなんて考えはばかげているわ」

「僕はいい夫になると思うかい？」エデュアルトが少しだけ興味ありげに尋ねた。

「ええ。あのすてきなお屋敷が子供たちでいっぱいになることを想像してみて。もちろん犬もいて、猫もいるの。子供たちのために驢馬(ろば)を飼うのもいいわね。もう少し大きくなったらポニーも……」

「子供は一ダースくらいいるのかな？」そう尋ねるエデュアルトの声はいかにも楽しげだった。

　明るいブルーの瞳と高慢そうな鼻の男の子たちの声が響き渡るソレンダイク邸の光景が、ジェニーの頭にふいに鮮やかに浮かんだ。もちろん女の子もいる。もしかして、その子たちは赤毛かしら？　ジェニーは真顔で言った。「家には子供が必要よ」

「ああ、まずはオリヴァーがいる。マーガレットが息子のために結婚するとは思わないが」

「それはどうかしらね。でも、オリヴァーは父親を必要としているわ。あの子は十八歳になったらディムワース・ハウスを相続するけれど、それはまだ先の話だもの」ジェニーはエデュアルトから少し離れた。「さあ、オリヴァーが戻ってきたわ。きっと疲れきっているはずよ」

　オリヴァーは疲れていないと言い張ったが、そろそろ家に帰ろうというエデュアルトの言葉をあっさり受け入れた。「教授と一緒の車に乗れるんならね」

　エデュアルトが笑顔でオリヴァーを見おろした。

「ああ、かまわないよ」そしてジェニーのほうに向き直った。だがジェニーは、オリヴァーと一緒に同乗してはどうかという申し出をきっぱりと断った。するとは腹立たしいことに、エデュアルトが平然として言った。「困ったな、もうミニを明日家に持ってきてもらう手配をしてしまったんだ」

「もう！」ジェニーは怒りをあらわにした。「なんて横暴な人なの……」

「ミニは僕の車だ」エデュアルトが冷静に指摘した。

「それに、僕はオリヴァーの尽きない質問に答えながら運転する自信はない」

「あの子は私と一緒に帰ればいいのよ」

「僕と一緒に帰りたがっているのに。今日はオリヴァーのための一日だと言ったのは君だろう」それでもまだぶつぶつ言っているジェニーに向かって、エデュアルトがついに言った。「せっかく楽しい午後を過ごしているんだ。もちろん君はそう見せかけているだけだろうが、口論でそれをだいなしにするのはやめようじゃないか」

　ジェニーは小声で尋ねた。「どういう意味……見せかけているって？」

「言葉どおりの意味だよ」エデュアルトが答えた。

あきらめたような、少しよそよそしい言い方だった。エデュアルトに対する愛が高まり、ジェニーの怒りは薄れていった。「すべてが見せかけだったわけじゃないわ」彼女は断言した。「さっき言ったことは本当よ。あなたを嫌いじゃないというのは」

ジェニーはエデュアルトに向かってやさしくほほえんだ。そんなことを言うつもりはなかったのに、舌が勝手に動いていた。しかし、彼の腕に引き寄せられたとき、心の準備はまったくできていなかった。

「ああ、見せかけじゃなかったよ、ジェニー」エデュアルトの声にはもう、あきらめの響きもよそよそしさもなかった。「そして、これも見せかけじゃない」彼はジェニーに情熱的にキスをしてから、名残惜しげに彼女を放した。そのときちょうど、祭りにようやく飽きたオリヴァーが急いで走ってきた。

9

三人が屋敷に戻ったとき、マーガレットの顔に浮かんでいたのは見せかけの表情ではなかった。その怠惰な性格のせいで彼女は心の底から腹を立てるということがないが、美しい顔立ちをだいなしにするような、ひと目ですねているとわかる表情を浮かべるのだ。

マーガレットは芝地の上に座っていた。エデュアルトの車がその前を通り過ぎたとき、ジェニーは手を振って声をかけたが、マーガレットは不機嫌そうに一瞥(いちべつ)をくれただけだった。公平に言って、もし自分が彼女の立場だったら不機嫌どころではなかっただろうとジェニーは思った。今日の午後の外出はまったく深い意味のないものだったけれど。いいえ、まったくというわけではないわ。ジェニーはひそかに訂正した。エデュアルトとあんな会話を交わしたし、彼は私に気持ちのこもったキスをした。本当はマーガレットにキスしたかったのだろうが、彼女はその場にいなかった。

ガレージに着くと、ジェニーは急いで車を降りて屋敷に入った。まず伯母の部屋へ行ったが、伯母はそこにはいなかった。ジェニーはゆっくりと自分の部屋に戻ってベッドに座りこみ、夕食までエデュアルトとマーガレットを避けているにはどうすればいいか考えた。だが結局のところ、それは無駄骨だった。窓のそばに立っていたとき、その下をパンサーが通り過ぎていくのが見えたからだ。エデュアルトが車を運転し、隣にマーガレットが乗っていた。二人とも夜の食事にふさわしい格好をしていた。

ジェニーは伯母をさがして階下に下り、図書室で見つけた。天井の高い図書室は革と本の香りが立ちこめ、深い肘掛け椅子がたくさん置かれている。伯母はゆったりと座り、『パンチ』の古いバックナンバーをぱらぱらめくっていたが、ジェニーが入っていくと目を上げた。

「来たわね」伯母はわざわざ言った。「オリヴァーはヘニーにお風呂に入れてもらっているわ。エデュアルトはマーガレットを連れて友達に会いに行ったから、帰りは遅くなるでしょう。夕食は私とあなただけよ。イギリスに帰る日程についてゆっくり相談しましょう」

「ええ、伯母さま」ジェニーはなんとか陽気な声を出そうとした。だが、伯母をごまかすことはできなかった。

「また暗い顔をして！　あなたはディムワース・ハウスに戻れるのがさぞかしうれしいんでしょうね」

ジェニーは〝ええ〟と答えたが、半分は本当だった。イギリスに帰れば、マーガレットに魅了されているエデュアルトを見なくてすむ。でも、彼にはもう会えなくなるのだ。どちらにころんでもいいことばかりではない。

「明日の午前中、アムステルダムへ行ってエデュアルトの両親と昼食をとることにしたの」伯母が話題を変えた。「お茶の時間までには戻るわ。そのころには検査の結果も出ているでしょう。どんな結果であろうと、私は家に帰るけれど」再び『パンチ』を手に取り、ジェニーに向かって言った。「あなたも何か読みなさい」

ジェニーは腰を下ろし、『カントリーライフ』やまったく理解できないオランダ語の雑誌をぱらぱらめくった。そのうち夕食のために着替える時間になったので二階に上がり、オリヴァーにおやすみを言いに行った。着替えなくてもいいのではないかと伯母に提案してみたが、もちろん聞き入れられなかった。ジェニーはしかたなく自分の部屋へ行き、あまり好きではない地味なワンピースを身につけた。ベージュのシルク地に花模様が入ったワンピースは着る者をとくに美しく見せてくれるわけでもない。さえないワンピースに合わせて髪も無難にまとめ、ジェニーは階下に下りた。すでに応接室にいた伯母は紫色のドレスとゴールドのチェーンで華やかに装い、シェリーを飲むのを待っていた。

夕食はいつものようにおいしかったが、ジェニーはまるで昨日の残りのオートミールを出されたかのように、気乗りのしない顔で料理をつついた。どんな話題にも興味が持てず、〝ええ、伯母さま〟〝いいえ、伯母さま〟という返事しかしなかった。

「じゃあ、決まりね。明日の夜の船で帰るわ」最後に伯母がそう言うと、ジェニーはようやく陰気なもの思いから現実に戻った。「エデュアルトが船室を確保してくれるでしょう。朝になったらトビーに連絡して、迎えに来るように言っておくわ。あなたは夕食のあとでフローリーに電話してちょうだい、ジャネット」

「ええ、伯母さま」ジェニーはまた同じ返事をして、デザートのトライフルをもてあそんだ。ずいぶん急な話だけれど、伯母はいつでもしたいようにする。どうにかして船室は確保されるだろうし、突然帰ってこられるのがどんなに不都合でも、ディムワース・ハウスの人々は伯母を受け入れる準備を整えるだろう。

コーヒーを飲みおえるとすぐに、ジェニーはディムワース・ハウスに電話をかけた。応接室にいる伯母のじゃまにならないように、小さな居間にある電話を使った。電話に出てきたフローリーは当惑しながらも、ミス・クリードが到着するまでに準備を整えると言った。「ですが、ミス・ジェニー」フローリーがいつもの穏やかな口調で続けた。「ミス・クリードの部屋の絨毯を洗濯に出していて、お帰りになるまでにそれが戻ってこないかもしれません」

「心配いらないわ」ジェニーは言った。「ベス伯母さまは疲れ果てていて、何も気づかないでしょう。ベッドへ直行するはずよ」

「誰がベッドへ直行するんだい？」背後からエデュアルトの声が聞こえた。ジェニーが振り返ると、彼はマーガレットを部屋に通すためにわきに寄っていた。満足げな彼の顔を見て、受話器を持つジェニーの手はかすかに震えた。マーガレットは輝くばかりに美しく、その顔はクリーム入れのクリームをからっぽになるまでなめた猫のように幸せそうだった。

ジェニーはぎこちなく説明した。「ベス伯母さまは明日イギリスに帰るつもりなの。それで、家政婦に電話をしておくように頼まれたのよ」

マーガレットが深紅のソファに身を投げ出し、ふてくされた顔で言った。「私は帰らないわよ。何もかもがすばらしいのに。オリヴァーを連れて帰ってね、ジェニー。私はあとから帰るわ」そして、ドア口に立ったままのこの家の主を見た。「私をここにいさせてくれるでしょう、エデュアルト？」

「もちろんだ」エデュアルトが即座に口にした言葉が、ジェニーの心をナイフのように切り裂いた。

ジェニーは相変わらずぎこちない口調で言った。「ええ、オリヴァーは連れて帰るわ」それから勇気をふるい起こしてエデュアルトを見た。「こんなに急に出発することになって、失礼で恩知らずだとあなたに思われなければいいんだけど」

「いや、伯母さんから話は聞いていたよ」エデュアルトが陽気に言った。「伯母さんは明日、僕の両親と昼食をとると言っていただろう？　ミニは朝のうちに戻ってくる。君とオリヴァーは最後にもう一度ミニに乗ってどこかへ出かけてきたらどうだい？」

もうミニなんて見たくもない。ジェニーは愛想よく、だがかすかに冷淡に礼を言った。

部屋を出ようとしたとき、エデュアルトが再び気さくに言った。「そういえば明日の朝、驢馬が来るんだ。オリヴァーが乗りたがるかもしれないな。ポニーも買ったんだが、そっちは一週間くらい先になるそうだ。君のアドバイスに従ったよ、ジェニー」

「すてきね。オリヴァーはきっと大喜びでしょう」自分の声が甲高くなるのに気づいたジェニーは、手に持ったまま忘れていた電話に戻るとほっとした。返事がないのを不審に思っていたらしいフローリーに言い訳したあと、さっさと電話を切った。早く部屋を出ていきたかったからだ。しかし、今度はマーガレットに引きとめられた。

「明日は何時に出かけるの？」マーガレットはエデュアルトに尋ねてから、ジェニーに向かってにっこりした。「興奮しすぎて疲れてしまったわ。ひと晩ぐっすり眠らなくちゃ」

「午後一時でどうだい?」エデュアルトが提案した。

「僕が迎えに来るよ。いや、それは無理だな、ミス・クリードが出発する前に会わなくてはならないから。誰かに迎えに来させよう。あとで電話するよ。ジェニーに話すつもりかい、マーガレット?」

「いいえ、こんなすてきな秘密を話すはずないでしょう! あなたも黙っていてね」マーガレットは立ちあがり、もの憂げに伸びをした。「私はベッドに入るわ。一泊旅行用の鞄(かばん)に荷造りをしなくちゃ」そして、再びジェニーにほほえみかけた。「あなたも知りたいでしょうね?」マーガレットは爪先立ちになってエデュアルトの頬にキスをしてから、ゆっくりと部屋を出ていった。

「私も行かないと」ジェニーはあわただしく言った。「ベス伯母さまの荷造りをすると約束したの」

だが、エデュアルトはドア口に立ったまま動かない。「ぜんぜん興味がないのかい、ジェニー?」

「もちろんあるわ」ジェニーは言い返した。「でも、かまをかけて私に質問させようなんて思わないで。その手にはのらないわ。そもそも予想がつくもの」

「君の予想は間違っているかもしれない」エデュアルトが楽しげにほほえんだ。「今夜はずいぶん機嫌が悪いね。今日の午後はあんなに楽しい時間を過ごしたのに。そのワンピースも似合わないな」

「申し分のないワンピースだわ」ジェニーは声を荒らげた。「それに、今日の午後は楽しいふりをしていただけだって、あなたが自分で言ったんじゃないの」エデュアルトのキスを思い出し、顔を赤らめる。彼にじっと見つめられると、頬がさらにほてった。

「君も覚えているんだね」エデュアルトがやさしく言った。「言いたいことがたくさんあるんだ。だが、今は話を聞く気分じゃないんだろう?」彼はわきにどき、笑いを含んだ声でおやすみと言った。

だからジェニーは二階へ上がるしかなかった。伯母の部屋の前でいったん足をとめた彼女は、冷静さを取り戻してから中に入った。今夜ばかりは伯母に忙しく働かされることがありがたかった。

伯母はジェニーにベッドに入る準備を手伝わせ、鋭い目を光らせて荷造りを監督した。だが、しばらくすると言った。「もうそれくらいでいいわ。ベッドに入りなさい、ダーリン。ミルクみたいに顔が真っ白よ。ぐっすり眠る必要があるわ」

もちろんジェニーは眠れなかった。

翌朝、ジェニーとオリヴァーが朝食を終えてすぐに驢馬が到着した。ハンスが伝えに来ると、二人は急いで馬小屋の裏のパドックへ行った。驢馬はとても小さく、健康状態もあまりよくないようだ。撫でてやっている間も不安そうな目をしていて、ジェニーは心配になった。人参を取りに行っていたハンスが戻ってきて説明してくれたところでは、エデュアルトはわざわざいくつもの団体に連絡を取り、恵まれた飼育環境が必要な驢馬をさがしたのだという。

驢馬に人参をやるオリヴァーを見て、ハンスが言った。「オリヴァーを乗せてあげましょうか?」

三人はパドックを何周もした。やがてハンスがそろそろ休憩させたらどうかと提案すると、オリヴァーはすぐに驢馬から下りた。「僕、しょっちゅうここに遊びに来るよ。そしたら驢馬に乗れるでしょ」

「ええ……そうね。でも、あなたは……」ジェニーは言いよどんだ。もしマーガレットがエデュアルトと結婚したら、オリヴァーの人生はどんなに複雑になることか。もちろん遊びに来る必要はない。ここに住むことになるのだから。でも、ディムワース・ハウスはどうなるの? あの屋敷こそがオリヴァーの本当の家で、先祖から受け継ぐ財産なのに。

「僕は……なあに?」オリヴァーが続きを促した。

「何を言おうとしたか忘れてしまったわ。たいしたことじゃなかったの」ジェニーはあわてて言った。

「ねえ、ハンス、こんなにいいお天気だから、ここでピクニックランチを食べてもいいかしら？　私も準備を手伝うわ」

　ハンスがにっこりした。「もちろんです、ミス・レン。あなたは何もする必要はありませんよ」

　二人がヘニーの作ってくれたおいしいサンドイッチを平らげ、レモネードを飲みほしたころ、パンサーが風のように私道を走ってきて玄関前にとまった。エデュアルトは車を降りて家の中に入り、すぐにまた現れ、二人のほうへ歩いてきた。片手にビールのグラスを、もう片方の手にサンドイッチを持っている。二人の隣の芝地に腰を下ろし、彼は明るく言った。「やあ、午前中は楽しく過ごしたかい？」

「すごく楽しかった！」オリヴァーが力強く言った。「教授が買った驢馬に乗ったんだ。驢馬も楽しそうだったよ」

「それはよかった」エデュアルトは大きく口を開けてサンドイッチをかじった。「君は、ジェニー？」

「楽しんでいるわ、ありがとう」ジェニーは控えめに言った。「あなたは忙しかったの？」

　エデュアルトは残りのサンドイッチをあっという間に平らげた。「ああ。君の伯母さんの検査の結果は上々だった。伯母さんはアムステルダムへ行っているのかい？」

　ジェニーはうなずいた。「でも、お茶の時間までには戻ってくるそうよ。それで思い出したけど、私はまだ荷造りをしていないの。部屋に戻って終わらせてしまわないと」膝立ちになってトレイの上の食器を片づけはじめると、エデュアルトがじっと見ているのがわかった。沈黙が気まずくて、ジェニーは尋ねた。「マーガレットは私たちが出発する前に戻ってくるの？」ちらりと彼を見て、再び目をそらす。「今、さよならを言ったほうがいいかしら？」

　エデュアルトは手首の金時計に一瞥をくれた。

「マーガレットはまだ出かけていないのかい？　あ
あ、彼女が戻ってくるのは君たちが出発したあとだ。
たぶん明日になるだろう」彼はビールを飲みほした。
「お母さんにさよならを言っておいで、オリヴァー。
もうすぐ迎えが来て出かけるはずだから」
　オリヴァーが行ってしまうと、ジェニーはエデュ
アルトと二人きりでいるのが耐えがたくて立ちあが
った。「私も行かないと……」
　だが、エデュアルトはトレイを取りあげて芝生の
上に置き、ジェニーの腕を取った。「少し庭を歩き
たい。君は荷造りが早そうだし、荷物はそんなに多
くはないだろう」そこで彼女をちらりと見おろす。
「そのブルーのワンピースは気に入ったよ。ゆうべ
の花柄のワンピースは窓から投げ捨ててしまったの
かな？」
　ジェニーはこらえきれずに笑った。「捨ててはい
ないわ。でも、家に帰ったら誰かにあげてしまうつ
もりよ。私もあまり好きじゃないの」
　エデュアルトに促されるまま、砂利敷きの小道へ
向かった。道の両側には初秋の花が咲いている。ジ
ェニーは自分の腕にかけられた彼の手を強く意識し
ていた。
「あなたはマーガレットに挨拶しなくていいの？」
「あとでまた会うんだ。なあ、ジェニー、君はディ
ムワース・ハウスに戻ったらどうするんだい？」
　エデュアルトはマーガレットと落ち合うの？　一
緒にどこへ行くの？　彼女は一泊用の鞄に荷物をつ
めると言っていなかった？　答えの出ない疑問が頭
の中に渦巻き、ジェニーはぼんやりと言った。「冬
になって一般公開が終わるまでは屋敷にいるわ。そ
れから……たぶん次の仕事を見つけるでしょうね」
「なら、トビーとは結婚しないと決めたんだね？」
　ジェニーはつんと顎を上げた。「ずっと前から決
めているわ」

「ほかの計画はないのかい？　君のあとを追いまわしている男はたくさんいるに違いないのに」

　私を結婚させたいんだわ。自分の将来が薔薇色に輝いているからって……。腹が立ったジェニーは質問には答えなかったが、気がつくと尋ねるつもりのなかったことを尋ねていた。「あなたはいつ結婚するの？」

「できるだけ早くだ」エデュアルトがきっぱりと言った。「驢馬とポニーを遊ばせておくわけにいかないから。オリヴァーが運動させてくれるだろうが」

　ジェニーはため息をつき、無意識のうちに悲しげな声をもらした。「ええ、そうね」突然、あと一秒でもエデュアルトと一緒にいるのに耐えられなくなった。彼はいずれマーガレットとこの庭を歩き、一日の出来事を報告したり、子供のことを話し合ったりするのだろう。「荷造りをしないと」小さな声で言うと、ジェニーは屋敷のほうへ走りだした。


　エデュアルトの言ったことは正しかった。その気になれば、荷造りは十分で終わっただろう。だがジェニーは、マーガレットを迎えに来た車が走り去る音が聞こえるまでなんとか作業を長引かせた。さよならを言いに行ったとき、マーガレットはしたり顔で、もうすぐみんながものすごく驚くことになるとほのめかした。ジェニーが理由をきこうとすると、彼女は肩をすくめてもの憂げに言った。〝今はだめよ、ジェニー。そのうちわかるわ〟

　ジェニーはふらふらと窓辺へ行き、眼下の見事な庭を眺めた。そう、私はわかっている。本当はマーガレットにきく必要なんてなかった。でも、まだ逃げ出すことはできない。この古くて美しい屋敷からも、すばらしい地所からも、エデュアルトを見るたびにわき起こるときめきからも。

　今なら階下へ行っても安全だろう。家の主は書斎にいるはずだし、オリヴァーはさっきハンスと手をつないでもう一度驢馬に会いに行くのが見えた。居間の裏手の通用口から外に出て、葡萄の木を見に行こう。

だが、ジェニーが階段を下りたところで書斎のドアが開き、エデュアルトが顔を出した。「荷造りはすんだのかい？　だったら散歩しないか？　伯母さんはあと一時間くらいは戻ってこないだろう」

ジェニーは走って引き返したい気持ちを抑えこんだ。「いいえ、あの、けっこうよ。私はこれから……」結局、何も言い訳を考えつかず、力なくエデュアルトを見つめた。

すると、エデュアルトが如才なく言った。「行きたくないんだろう、ジェニー？　僕が何を言おうとしているかわかっているんだね」

ジェニーは一歩あとずさった。「ええ、わかっているわ。でも……聞きたくないの」声が震えた。「お願い、今はやめて、エデュアルト」

エデュアルトは眉をつりあげた。「今は？　じゃあ、僕がいずれまたディムワース・ハウスを訪ねたら、そのときは言ってもいいのかい？」

「あの……ええ」そのころになれば笑顔で祝福し、彼の幸せを願えるだろう。マーガレットの幸せも。

エデュアルトはかすかにほほえんだ。「覚えておこう」そして、ジェニーが何を言おうかと考えているうちに書斎に入り、ドアを閉めてしまった。

そのあと二人きりで話す機会はなかった。満足そうな顔で帰ってきた伯母は、検査の結果が良好だったと伝えられると、〝ほらごらんなさい〟とでも言いたげな表情をした。そして紅茶を飲んでから、そろそろ出発すると告げた。「それで、あなたは今夜はどうするの、エデュアルト？　マーガレットは私が何をきいてもまともに答えないでしょうから」

「僕はこのあと病院に戻らなければなりません。夕食はマーガレットと一緒にとります」エデュアルトはそう言いながらジェニーを見たが、彼女は気づかないふりをした。

少しあとで、三人は出発した。荷物を積みこみ、伯母を後部座席に落ち着かせ、驢馬にさよならを言いに行っていたオリヴァーをさがしてエデュアルトにお別れをさせるまでに、三十分かかった。エデュアルトは玄関の前に立ち、礼儀正しく別れの言葉を口にした。ジェニーが最後に見たのは美しい屋敷を背にして立つ大柄な彼の姿だったが、こみあげてきた涙のせいでかすんでいた。

帰国の途はスムーズだった。あんなに短い時間でエデュアルトがどうやって船室を確保したのか、ジェニーは不思議に思わなかった。彼は常に自分の欲しいものを手に入れる。たとえば、マーガレットを。

ディムワース・ハウスに戻ると、生活はまた元のパターンに落ち着いた。伯母は以前と同じようにみんなのあらさがしをし、ミセス・ソープをいらだたせ、家の中を歩きまわって目につくものすべてに難癖をつけた。マーガレットのことはまったく話題にのぼらず、彼女からの連絡もなかった。ようやく電話があったのは数日後の朝、ジェニーが人形のコレクションの埃（ほこり）を払っているときだった。

電話に出た伯母は急いでジェニーのところへやってきて、高らかに宣言した。「マーガレットがついに結婚を決めたわ！　オリヴァーに新しい父親ができるのよ」

ジェニーは羽根箒（ぼうき）を取り落とした。「まあ、よかったわね……結婚式はいつ？」

「手はずが整いしだいすぐによ。たぶん二人はオリヴァーに関して話し合いをしているんでしょう。この家はいずれあの子のものになるんだから」伯母はそこで鼻を鳴らした。「そのためにマーガレットが何か努力したわけではないけれど。でも、細かい取り決めはあとになるかもしれないわね。話を聞くとお相手は思慮深い男性のようだし、昔からの知り合いだから、事情を理解しているんでしょう」

「昔からの知り合い？」ジェニーは当惑して尋ねた。

「ええ。そのダーク・ファンなんとかという男性は長くスコットランドに住んでいて、マーガレットがオリヴァーの父親と結婚する前から彼女を知っていたの。そして今回二人は再会し、結婚を決めたのよ。すばらしい取りはからいだったわね」

「二人はどこで会ったの？　つまり、二度目に」ジェニーはささやくように小さな声で尋ねた。

「彼は偶然、エデュアルトの友達だったの。二人が知り合いだということに気づいたエデュアルトが、マーガレットをそのダーク・ファンなんとかという男性に会わせたのよ。そうしたらたちまち二人はお互いの腕の中に飛びこんだというわけ」伯母はドアへ向かった。「時計の埃を払うのも忘れないようにね」いかめしくそう言いつけると出ていった。

ジェニーは時計も残りの人形ももう眼中になかった。エデュアルトはマーガレットを愛していなかった……だったら、あのとき何を言おうとしていたの？　自分がどんなふうに彼から逃げ出し、もう何も言わないでと懇願したか、ジェニーは思い出した。

「私ったら本当にばかね」ヴィクトリア女王の精巧な人形を手に取り、おざなりに埃を払いながらつぶやいた。「彼にまったく興味がないと思わせてしまったわ。どうしたら彼が愛しているのが私かどうかわかるかしら？」混乱した頭にいくつか大胆な考えが浮かんだが、どれも実現できそうになかった。オランダへ行くことはできるけれど、なにか理由が必要だ。「理由くらい見つけるわ！」ジェニーは叫ぶように言うと、雑巾を放り出して自分の部屋へ駆けあがった。そして鍵を閉め、目が真っ赤になるまで泣いた。

その日の午後は見学者が多かった。玄関へ向かって小道を歩いてくる見学者の姿が見えると、ジェニーは大きなテーブルのうしろに座り、新しいジャムの瓶と絵はがきとパンフレットをそろえた。

最初のグループが入ってきた。たいていの見学者がそうであるように、まっすぐテーブルへ向かって進んできて、パンフレットを手に取った。そのあとは、周囲を見まわしながらうろうろするだろう。中には自分が何を見に来たのかわかっていない人もいるし、さらに言うなら、そもそもなぜここへ来たのかわかっていない人もいる。ジェニーはうんざりして額にかかった髪をかきあげ、小さな現金箱を開けた。あと一週間よ。一週間したら屋敷は閉鎖されて、平和な季節がやってくる。そうなれば自由に仕事をさがせるし、エデュアルトにも会いに行ける。

一時間後、ジェニーは相変わらず見学者の相手をしていたが、激流のようだった感情は絶え間なく落ちる滴程度にまで落ち着いていた。ジェニーは薄汚い格好の男の子ににっこりほほえみかけてファッジの袋と釣りを渡し、記念品の鉛筆を差し出した。そして、次の客を見あげた。

エデュアルトだった。彼の姿を見たとたん体が震えだし、ジェニーはそんな自分にひどく腹が立った。

「君と話がしたい」彼は声をひそめもせずに言った。「そこから出てきてくれるかい?」

「いいえ」それ以上言うべきことはなかったが、そもそもジェニーは息ができなかった。

「じゃあ、僕がそっちへ行って隣に座ろう」エデュアルトは平然と言った。「そうすれば話ができる」

「だめよ、とんでもない……」ジェニーはすばやくエデュアルトを見て、言ったとおりにするつもりだと悟った。はがきを買おうとする人たちが近づいてくる。ジェニーは足元のベルを押した。誰でもいいから早くここに来て、役目を代わってほしい。そう願いながら、彼ではなくドアを見ていた。

現れたのはミセス・ソープだった。「どうかしたの？」彼女が甲高い声で尋ねた。

ジェニーはその質問には答えなかった。「しばらくこの係を代わっていただけますか、ミセス・ソープ？　対応しなくてはならない用件があって」

ミセス・ソープはすぐにエデュアルトに気がついた。「まあ、教授。またお会いできてうれしいわ。どうかなさったんですか？」

エデュアルトはジェニーが感嘆するほど感じよくその質問をあしらった。「どうぞおかまいなく、ミセス・ソープ。お仕事をなさってください」そこで自分のうしろにできている短い列に気づいたようだが、ジェニーを見つめたまま動かない。こちらから出ていくまで動かないつもりだろう。人々が聞き耳を立てはじめている。ジェニーは立ちあがってテーブルをまわっていき、〝関係者専用〟と書かれたアーチ型のドアへ向かった。気がつくとすぐ隣に彼が来ていた。

エデュアルトはドアを開け、ジェニーが中に入るのを待ってうしろ手に閉めた。小さな広間から階上に伸びる螺旋階段とエデュアルトの間で、ジェニーは身じろぎ一つできなかった。それでも彼のベストのいちばん上のボタンに向かって威厳に満ちた声で言った。「なんの用かしら？」

あまりにも窮屈なせいだろう、エデュアルトはジェニーに腕をまわした。「僕がここに来たら話を聞くと君は言った。だから会いに来たんだ」

「こんなふうに追いつめられたら、そうするしかないでしょう？」ジェニーは言い返した。落ち着いた声が出てほっとしたが、こんな狭い空間では狂ったように打っている心臓の鼓動が彼に聞こえてしまうのではないかと怖くなった。そして本当に聞こえたらしく、彼はジェニーをしっかりと抱きしめ、強い決意のこもったキスをした。おかげでジェニーは彼の愛をなんの疑いもなく信じることができた。

「僕の最愛の人」エデュアルトはジェニーの頭のてっぺんを見おろしていとおしげに言った。「僕が君を愛していることはわかっていただろう？　君は生意気で怒りっぽくて、いつも僕をはらはらさせる。そしてとても魅力的だ。僕は君よりだいぶ年上で、傲慢で気むずかしい。だが、いい夫になるように努力するよ。君がいなければ、僕が持っているどんなものにもなんの価値もないんだ」彼は身をかがめてキスをした。今回はやさしいキスだった。「それで、いったいなぜ君は僕とマーガレットが結婚するなんて勝手に思いこんだんだい？」

「勝手に思いこんでなんかいないわ！　マーガレットがオリヴァーに、あなたと結婚すると言ったのよ。それに、あなたもいつも彼女につきまとっていたじゃないの」広い胸がふくらみ、エデュアルトがひそかに笑っているのがわかった。ジェニーは憤然として続けた。「私にわかるはずないでしょう？　あなたは彼女にとって理想の相手だわ。お金持ちで、成功していて、ハンサムで。それに、オリヴァーはあなたのことが大好きだし……」

「あの子にはしょっちゅう遊びに来てもらおう。前にも言ったが、僕たちの子供が乗れるようになるまで、驢馬やポニーを誰かに運動させておいてもらわなければ。ところで、君はまだ、僕と結婚すると言っていないね、ジェニー」

ジェニーはとても静かな声で言った。「申しこまれるのを待っているのよ」

エデュアルトの胸が再び大きくふくらみ、低い笑い声が響いた。「とうとうシルクのように柔らかいジェニーになったね！　僕と結婚してくれるかい？」

ジェニーは爪先立ちになり、エデュアルトにキスをした。「そうしなければ耐えられないわ」長いキスが終わると、彼女は言った。「ねえ、エデュアルト、アルクマールであなたが言ったことはみんな本気だったの？」

「ああ、そうだ、ダーリン」

ジェニーは幸福感に満たされてため息をつき、それから尋ねた。「あなたのご両親はどう思うかしら？　私を好きになってくださるかしら？」

「両親は君のことが大好きだ。どうしてもっと早く君をさらってこなかったのかと思っているだろう」

「なぜそうしなかったの？」

エデュアルトはほほえみ、ジェニーを引き寄せた。

「前にも言ったが、僕は年を取りすぎているし、気むずかしくて傲慢で……」

「とんでもない」ジェニーは言った。「あなたは私にとってまさに理想の旦那さまよ」それを証明するために、もう一度彼にキスをした。「ベス伯母さまに報告しに行きましょう。きっと驚くわ」

「いや、驚かないと思うよ。伯母さんには君と結婚するつもりだと話しておいたんだ」

「まあ……そうだったの？　私はイエスと言わなかったかもしれないのに」

「そうしたら、なんとか説得していただろうな」

「どうやって？」

「こうやってだ」エデュアルトは身をかがめ、またもやジェニーにキスをした。

だいぶたってから、ジェニーは言った。「ねえ、エデュアルト、ききたいことがたくさんあるんだけど……」

「返事が待てないほどの質問はないだろう、ダーリン。だが、これは待てない」

そのとおりだわ。再びキスで唇をふさがれながら、ジェニーは幸せな気持ちでそう思った。

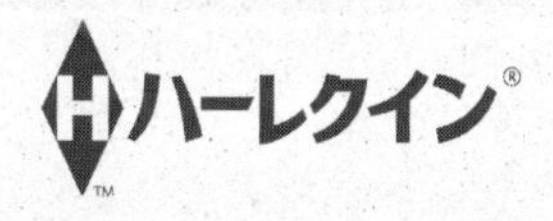

ハーレクイン・イマージュ　2015年1月刊（I-2354）

いばらの恋

2025年4月20日発行

著　　者	ベティ・ニールズ
訳　　者	深山　咲（みやま　さく）
発 行 人	鈴木幸辰
発 行 所	株式会社ハーパーコリンズ・ジャパン 東京都千代田区大手町 1-5-1 電話 04-2951-2000（注文） 0570-008091（読者ｻｰﾋﾞｽ係）
印刷・製本	大日本印刷株式会社 東京都新宿区市谷加賀町 1-1-1
表紙写真	© Maria Lutkova ｜ Dreamstime.com

造本には十分注意しておりますが、乱丁（ページ順序の間違い）・落丁（本文の一部抜け落ち）がありました場合は、お取り替えいたします。ご面倒ですが、購入された書店名を明記の上、小社読者サービス係宛ご送付ください。送料小社負担にてお取り替えいたします。ただし、古書店で購入されたものについてはお取り替えできません。®とTMがついているものはHarlequin Enterprises ULCの登録商標です。

この書籍の本文は環境対応型の植物油インクを使用して印刷しています。

ISBN978-4-596-72696-4 C0297

4月25日発売

ハーレクイン・シリーズ 5月5日刊

ハーレクイン・ロマンス

愛の激しさを知る

大富豪の完璧な花嫁選び	アビー・グリーン／加納亜依 訳	R-3965
富豪と別れるまでの九カ月 《純潔のシンデレラ》	ジュリア・ジェイムズ／久保奈緒実 訳	R-3966
愛という名の足枷 《伝説の名作選》	アン・メイザー／深山　咲 訳	R-3967
秘書の報われぬ夢 《伝説の名作選》	キム・ローレンス／茅野久枝 訳	R-3968

ハーレクイン・イマージュ

ピュアな思いに満たされる

愛を宿したよるべなき聖母	エイミー・ラッタン／松島なお子 訳	I-2849
結婚代理人 《至福の名作選》	イザベル・ディックス／三好陽子 訳	I-2850

ハーレクイン・マスターピース

世界に愛された作家たち
～永久不滅の銘作コレクション～

伯爵家の呪い 《キャロル・モーティマー・コレクション》	キャロル・モーティマー／水月　遙 訳	MP-117

ハーレクイン・ヒストリカル・スペシャル

華やかなりし時代へ誘う

小さな尼僧とバイキングの恋	ルーシー・モリス／高山　恵 訳	PHS-350
仮面舞踏会は公爵と	ジョアンナ・メイトランド／江田さだえ 訳	PHS-351

ハーレクイン・プレゼンツ作家シリーズ別冊

魅惑のテーマが光る
極上セレクション

捨てられた令嬢 《ハーレクイン・ロマンス・タイムマシン》	エッシー・サマーズ／堺谷ますみ 訳	PB-408

※予告なく発売日・刊行タイトルが変更になる場合がございます。ご了承ください。

今月のハーレクイン文庫

4月1日刊

珠玉の名作本棚

「情熱のシーク」
シャロン・ケンドリック

異国の老シークと、その子息と判明した放蕩富豪グザヴィエを会わせるのがローラの仕事。彼ははじめは反発するが、なぜか彼女と一緒なら異国へ行くと情熱的な瞳で言う。

（初版：R-2259）

「一夜のあやまち」
ケイ・ソープ

貧しさにめげず、4歳の息子を独りで育てるリアーン。だが経済的限界を感じ、意を決して息子の父親の大富豪ブリンを訪ねるが、彼はリアーンの顔さえ覚えておらず…。

（初版：R-896）

「この恋、揺れて…」
ダイアナ・パーマー

パーティで、親友の兄ニックに侮辱されたタビー。プレイボーイの彼は、わたしなんか気にもかけていない。ある日、探偵である彼に調査を依頼することになって…？

（初版：D-518）

「魅せられた伯爵」
ペニー・ジョーダン

目も眩むほどハンサムな男性アレクサンダーの高級車と衝突しそうになったモリー。彼は有名な伯爵だったが、その横柄さに反感を抱いたモリーは突然キスをされて——？

（初版：R-1492）